KB045024

아내라는 이상한 존재

아내라는 이상한 존재

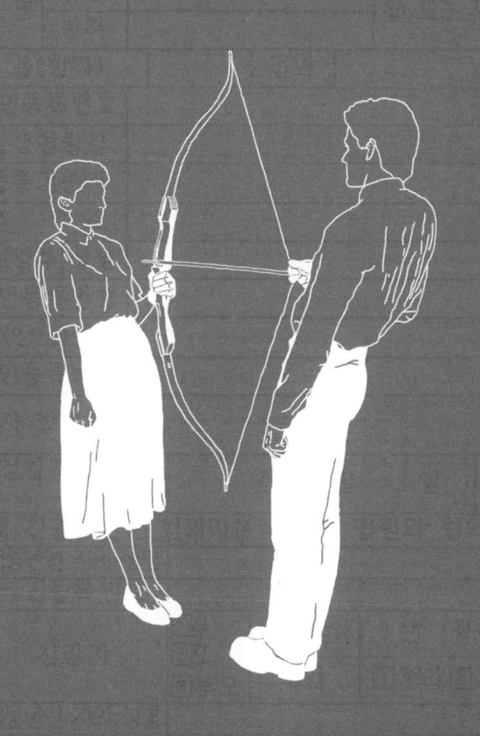

배윤민정

탈코르셋, 섹스, 이혼에 대하여

차례

외도

내가 지금 하려는 얘기는 부끄러운 얘기인가? 아무도 모르도록 감춰야 하는 얘기인가? 삶에서 무엇을 드러내고 감추어야 하는지 기준을 모르겠다. 남들은 다 아는 구분선이 나에게만은 보이지 않는 것 같다. 나는 아무렇지도 않게 꺼낼 수 있는 이야기를 사람들, 특히 나와 '가족'이라는 관계로 만났던 이들은 모두 부끄러워한다. 친밀했던 사람의 흉을 얘기하는 건 누워서 침 뱉기인가? 지금 하려는 이런 얘기, 배우자가 외도했다는 얘기를 하면 나도 수치심을 느껴야 하는 걸까?

이 글을 시작하는 지금으로부터 3일 전 나는 그 사실을 알게 되었다. 배우자인 준호가 얼마 전에 퇴사한 회사에서 직장 동료와 깊은 관계였단 걸. 깜짝이야. 놀라워. 어떻게 이런 일이? 지금도 믿어지지 않는다. 내가 친구를 만나러 창원에 놀러 갔던 날, 두 사람이 대낮에 만나서 섹스도 하고 밤새 얘기도 했다지. 나에게는 보고 싶다고, 떨어져 있는 게 힘들다고 전화 통화를 하면서 동시에 이 일이 일어났다지. 너와 통화하는 나. 친구 만나서 너무 좋다고 얘기하는 나. 그리고 나와 통화하는 너. 그 여자를 만나러 걸어가는 너. 이 두 가지 장면의 병치를 생각하면 아프다. 이미지가 칼날이 되어서 몸에 꽂히는 것 같다. 피가 철철 나기는 하는데 웃겨. 이 모든 존극에 있는 힘껏 웃어버리고 싶다. 이렇게 중요한 수업을 해줬는데 내가 수업료를 안 내도 됩니까? 관계에 대한 환멸이라는 수업, 영원히 잊지 않을 겁니다.

'영원히'라니. 쓰고 보니까 별로 이 말도 진실되진 않다. 순식간에 잊어버릴 수 있을 것 같기도 하다. 사실 어느 쪽을 보느냐의 문제다. 뒤를 보면 고통스러운데 앞을 보면 덤덤하다. 감정의 일부분을 마비시켜 놓은 걸까? 이 얼어붙은 감정이 어느 순간 일시에 녹아내리는 걸까? 단순히 실감이 안 나기 때문인가? 안 날 만도 하다. 2016년에 결혼한 이후 오늘날까지도 결혼한 게 실감이 안 났다. 내가 남편이 있다니! 문득 생각하다가 깜짝 놀랄 때가 있었다. 결혼도 이런데 이혼이 실감나면 이상하다.

가끔 이런 내가 걱정된다. 나중에 생각하자. 나중에 느끼자. 이렇게 미뤄놨던 감정들이 어느 순간 일시에 덮친다면? 그날이 내가 죽는 날일까?

어쩌면 미뤄놓은 것 따위는 없는지 모른다. 나는 그냥 냉정한 사람인지도. 엄마가 그렇게 말했고, 준호가 결혼 생활을 하면서 자주 말했듯이.

내가 이 관계를 알게 된 것은 두 사람이 고백했기 때문이다. 준호는 한 달 전에 직장을 그만뒀는데, 1년여 전부터 직장 동료인 수민이 자꾸 '들이댄다'는 식으로 나에게 띄엄띄엄 이야기해 왔다. 자신이 퇴사한 이후에도 수민이 계속 연락한다면서, 준호는 난처하다는 듯 말했다. 나는 준호의 말을 듣고 수민과 직접 통화하겠다고 했다. 막상 스피커폰으로 세 사람이 이야기를 시작하자 놀라운 사실이 밝혀졌다. 준호도 수민도 술술 털어놔서 내가 당황스러울 정도였다.

"솔직하게 고백하면 용서받을 줄 알았어."

준호의 말에 코웃음을 치고 다음 날 아침 8시에 서울남부지방법원으로 갔다. 버스를 기다리는 동안 그는 몸을 떨었다. 내가 아주 나쁜 일을 하는 것 같았다. 날씨가 너무 좋았다. 길가에 개나리꽃이 활짝 피어 있었다. 코로나 바이러스 때문에 사람들이 마스크를 쓰고 다녔다. 나도 준호도 그랬다. 이 마스크 덕분에 표정을 가릴 수 있어서 다행이었다.

나는 입을 열었다.

"이제부터 내가 하는 말 잘 기억해. 잘 들었다가 지켜. 두피염 신경 쓰기. 일 빨리 다시 시작하기. 밥 잘 먹고 잠 잘 자기. 자책하지 말기."

마스크 위에 드러난 준호의 눈가에 굵은 주름이 잡혔다. 그의 눈에 눈물이 그렁그렁했다. 떨지도 울지도 않는 나를 보면서 냉정하다고 생각했을까, 너는.

*

이 글을 왜 쓰나? 억울하고 원망스러워서? 준호가 얼마나 나쁜 놈인지 고발하고 싶어서? 아니올시다. 내가 소리치고 싶은 일은 따로 있다. 나로 말할 것 같으면 기혼 여성 같은 기혼 여성이 될까 봐 늘 무서움에 떨었던 사람이다. 맨날 텔레비전에 나오지 않나. 기혼 남성들이 모여서 결혼 생활의 부자유에 대해 토로하는 모습이.

"우리 마누라는 얼마나 무서운지 몰라."

"요새는 집에서 여자가 왕이지."

그들이 야유하는 이 '아내'라는 존재를 한국 사람들은 익히 안다. 지겹고 억척스럽고 통제하고 간섭하고 지루하고 진부한 그 존재. 남자의 자유를 앗아가는 괴물. 나는 그런 존재가 될까 봐 늘 조심하면서 살았다.

나에게 처음으로 이 두려움을 심어준 존재는 한국 천주교 서울대교구의 성직자들이었다. 성당에서 결혼식을 하기 한 달 전, 혼인 교리를 들었을 때다. 반나절쯤 이어지는 수업을 수료해야 성당에서 식을 올릴 수 있다고 했다. 준호와 나는 정동 프란치스코 회관으로 갔다. 사제인지 수사인지 하는 남자가 《서울대교구 혼인강좌》라는 제목의 책자를 나눠줬다. 그때까지만 해도 나는 이 수업이 결혼을 앞둔 우리에게 의미 있는 시간이 될 거라 생각했다. 마음이 활짝 열려 있었다는 얘기다. 그런 마음으로 책을 넘겼는데 이런 문장이 나왔다.

> 남편에게 말을 거는 아내의 목소리가 격하고 크면 남편은 어떤 반응을 보일까요?
>
> (1) 겁에 질려 떤다. (2) 고분고분 듣는다. (3) 맞서 싸운다. (4) 도망간다.
>
> 정답은 3번과 4번입니다. 남편의 경우 아내의 크고 격한 목소리를 듣게 되면 전두엽에 피의 공급이 중단되면서 이성 마비 상태가 됩니다. 결국 남자는 일단 살고 봐야겠다 하는 뇌의 명령에 지배받게 되어서 아내의 격한 목소리를 듣게 되면 살아남기 위해 맞서 싸우거나 도망을 가게 되는 것입니다. (…) 부부 사이에 다툴 일이 생기면 아내가 먼저 톤을 낮춰서 부드럽고 조심스럽게 말하십시오. 남편이 화를 낼 경우에는 무조건 20분을 기다립시오.

아찔했다. 내가 추락하는 속도가 아찔했다. 세심하게 배려하고 떠받들어야 하는 꽃다운 '신부님'에서, 지겹고 짜증 나는 '마누라'로 추락하는 이 속도. 앞에 나와서 수업을 진행하는 성직자는 물론이고 옆에 앉아 있는 준호조차도 내가 느끼는 공포를 알지 못했다. 그는 멍하니 이야기를 듣다가 꾸벅거리며 졸았다. 나는 같은 장소에 앉아 있는 여자들을 둘러봤다. 그들은 대부분 머리가 길고 옷차림이 화사했다. 나 역시 어깨에서 한참 아래로 내려오는 긴 머리에 파마를 하고, 소매가 봉긋한 블라우스를 입고 있었다. 웨딩 촬영을 하고 드레스를 고르러 다니면서 그 어느 시기보다 자신의 외모를 의식하고 살 때였다.

내가 지금 이 이야기를 하는 건 '코르셋'을 수행하는 여자들을 비웃기 위함이 아니다. 나는 내가, 그리고 다른 여자들이 다이어트를 하고 결점 없는 흰 얼굴을 만들고 머리카락을 길게 길러서 트리트먼트에 힘쓸 때 무엇을 꿈꾸었는지 안다. 우리는 행복을 꿈꿨다. 사랑받고 사랑하는 삶. 화목한 가정을 이루고 일요일에 성당에 다니는 일상. 대단히 특별할 건 없어도 남부럽지 않게 사는 보통의 삶. 그 천진한 기대를 생각하면 나는 도무지 우리를 비웃을 수 없다. 이런 작은 바람조차 철저하게 모욕하는 세상에 화가 날 뿐.

수업이 마무리될 때쯤 성당에선 커플들에게 임신

에 힘쓰라며 달력을 나눠줬다. 하나님의 뜻을 실현하기 위해서는 사랑의 정점인 아이를 낳는 일이 중요하며, 우리에겐 그 의무가 있다는 것이었다. 태아 그림이 그려진 빨간색, 노란색, 초록색 스티커가 한 묶음 딸려왔다. 달력 날짜 밑에 붙여서 가임기와 비가임기를 표시하는 용도였다. 나는 이 굿즈를 받아들고 회관에서 빠져나오며 생각했다. 여성단체에 가입하자. 이 혐오를 나 혼자 감당할 수 없어.

*

결혼식을 올리고 4년 후. 직장 동료가 자신을 좋아하는 것 같다고, 부담스럽게 왜 이러는 줄 모르겠다고 준호가 말했을 때까진 크게 신경 쓰지 않았다. 그 직장 동료가 자신에게 고백했다고, 자신은 전혀 관심 없고 난처하기만 하다고 그가 말했을 때도 신경 쓰지 않으려 했다. 내가 택할 수 있는 선택지가 별로 없었다. 그 직장 동료를 찾아가서 남의 가정을 깨려 한다고 머리채를 잡아야 할까, 막장 드라마에 나오는 아내처럼? 셋이 만나서 쓰리섬이라도 하자고 해야 할까, 싸구려 예술 영화에 나오는 아내처럼? 이 상황에서 아내라는 존재가 품위를 지키는 방법은 뭘까? 나는 그저 물러나 있었다. 이런 일이 내 일상을 간섭하도록 내버려 두고 싶지 않았다.

준호에게 일찍 들어오라고 하고 싶지 않았다. 일거수일투족을 신경 쓰고 싶지 않았다. 나 말고 다른 여자에게 관심이 있냐고 묻고 싶지 않았다. 미디어에 나오는 아내, '82쿡'이나 '네이트판' 게시판에 등장하는 아내가 되고 싶지 않았다. '그이가 바람을 피우는 것 같아요…' 키보드를 두드리는 여자가 되고 싶지 않았다. 지금 내 마음속에 메아리치는 말들을 자신에게 묻고 싶지 않았다. 예컨대 거울을 볼 때 떠오르는 말들. 나 못생겼나? 매력 없나?

자, 이제 완벽하게 진부한 존재가 된 것이다. 남편 간수 못 한 아내. 남편이 바람 피워서 자존감이 추락한 아내. 내 몸을 미워하는 여자. 그토록 뻔한 여자가 되고 싶지 않았는데 정신을 차리고 보니 이 자리다.

내 머릿속에 여러 목소리가 와글거린다. 2018년 온라인에 〈가족 호칭 개선 투쟁기〉를 연재했을 때가 기억난다. 시가 구성원들과 '아주버님, 형님, 도련님, 아가씨' 등의 호칭 문제를 놓고 싸웠던 과정을 적은 글이었는데, 네이버 랭킹 뉴스에 오른 다음에 악성 댓글 세례를 받았다.

"저렇게 피곤한 여자랑 어떻게 사냐."

"집안을 다 때려 부수는 미친년, 다른 가족의 감정은 손톱만큼도 신경 쓰지 않는 사이코패스."

"내가 남편이라면 당장 이혼했을 거다. 지금쯤 이혼했겠지."

나는 그 말을 보란 듯이 비웃으며 다른 삶을 구현하고 싶었다. 그럴 수 있다고 믿었다. 다른 누구도 아닌 너와 나니까. 준호와 민정이니까. 제3의 길을 찾고 싶었다. '갈등 끝에 모두가 뿔뿔이 흩어졌습니다'도 아니고, '갈등을 봉합하고 화목하게 잘 살았습니다'도 아닌, 여기서부터 출발하는 새로운 가족의 서사를 내 삶으로 쓰고 싶었다.

그런데, 짠. 내 글에 달렸던 악플대로 된 것이다. 고소하다고 손가락질할 사람들에게 놓치지 말고 구경하러 오라고 초대장이라도 보내고 싶다. 내가 꿈꿨던 평등한 부부 관계, 정의로운 가족 관계는 현실에서 구현 불가능한 이상이었을까?

'나 못생겼나?'

사실 이건 그다지 타격 없는 질문이다. 외모를 의식하지 않고 산 지 꽤 되어서인지. 그것보다 더 두려운 질문은,

'나 사람 숨 막히게 하나? 우리 엄마처럼?'

이혼 서류를 접수한 다음 준호는 같은 말을 계속했다. 정말 나뿐이라고. 자기 마음속엔 나뿐이었으며, 수민에겐 그저 인간적 연민과 안쓰러움만 들었다고. 관계를 잘 마무리 지어서 나에게로 돌아가고 싶은 생각뿐이었다고.

그는 또 말했다. 내 앞에서는 항상 자격지심을 느꼈다고. 자기가 볼 때 나라는 사람은 항상 바르고 강하고 당당해서 자신이 초라했다고. 그런데 수민에게는 의지할 사람이 필요해 보였다고.

이런 얘길 들으면 당장은 화가 나다가도 희미하게 불안한 예감이 든다. 앞으로 언젠가 나는 분명히 이 말에 휘둘리겠지. '바르다'라는 말은 옳고 그름이 지나치게 확실하며 그 기준을 남에게 강요했다는 뜻이 아닌지. '강하다'라는 말은 인간미가 없었다는 의미는 아닌지. 차갑고 냉정했단 의미는 아닌지. '당당하다'라는 말

은 오만하다는 뜻의 다른 표현이 아닌지.

나, 우리 엄마 같은 사람이었나.

몇 해 전 엄마와 우리 부부, 남동생 부부가 함께 차를 타고 갈 때였다. 엄마는 남동생의 배우자인 연희에게 자꾸 말했다.

"너는 그렇게 앞머리를 내리지 말고 싹 넘겨야 깔끔한데."

연희는 장난스럽게 자신의 앞머리를 가리키며 대답했다.

"어머니, 이 더듬이는 제 생명이란 말이에요."

나라면 시어머니한테 헤어스타일을 지적받는 게 엄청나게 기분 나쁠 텐데 연희는 성격도 좋구나. 나라면 절대 저렇게 유머러스하게 받아치지 못했을 거야. 속으로 감탄했다. 하지만 엄마는 그 정도에서 물러나지 않았다. '그래'라고 웃으면서도 도저히 연희의 앞머리에서 시선을 돌릴 수가 없는 모양이었다. 결국 엄마는 차에서 내리자마자 연희의 앞머리를 옆으로 넘겨서 귀 뒤에 꽂아주고야 말았다. 연희의 머리를 향해 다가가던 그 손을 보면서 나는 혀를 내둘렀다.

앞머리를 넘기는 집요한 손을 보며 유달리 불쾌했던 이유는 엄마의 기분을 이해하기 때문이었다. 나에게 흡족하지 않은 상황을 견딜 수 없는 마음. 너는 왜 내가 좋다고 생각한 대로 하지 않느냐는 원망. 나도 이런 나 자신이 싫지만 어쩔 수 없다는 자포자기.

준호에게도 나는 그런 사람이었을까. 헤어스타일은 물론이고 전반적인 삶의 태도를 감시하는 사감 선생님 같았을까. 미용실에 다녀온 준호를 보면서 거듭 말했던 날이 있었다.

"원장님이 네 머리를 이상하게 잘라줬구나. 왜 그랬을까. 다음부터는 사진을 꼭 가지고 가. 갈 때부터 사진을 찾아서 가지. 왜 이렇게 잘랐을까."

준호는 금방이라도 울음을 터뜨릴 것 같은 표정으로 대답했다.

"나 정말 머리를 어떻게 해야 할지 모르겠어. 머리에 신경 쓰고 싶지 않아."

그를 보고 있으니 나 자신이 너무 싫었다. 동시에 이런 내 모습 그대로 사랑받기를 바랐다. 사실 내가 준호와 사귀다가 결혼까지 하게 된 큰 이유는 그가 내 말을 잘 따르는 사람이어서였다. 우리 착한 강아지. 내 말만 잘 들으면 쓰다듬어 줄게. 게임하지 말고 들어와서 자자. 밤에 술 마시지 말고 아침에 일찍 일어나자. 청소하고 책 읽고 강연 들으러 가자. 내가 행복하게 해줄게. 우리 백년해로하자.

*

2019년 여름에 우리는 이탈리아로 휴가를 떠났다. 그곳에서도 몇 번 다퉜지만 어찌 됐건 좋은 휴가였다고 최근까지도 생각했다. 그 기억을 더듬으면서 이제야 뾰족하게 튀어나온 부분을 알아챘다.

여행 중에 로마의 보르게세 미술관에 갔다. 바로크 미술의 정수인 작품들을 한자리에서 볼 수 있는 곳이라고 해서 기대했다. 나는 바로크 미술의 극적인 느낌을 꽤 좋아했는데, 이 미술관을 둘러보고 나서 고전주의자들이 바로크 미술을 왜 악취미라고 혹평했는지 이해하게 됐다. 어디로 고개를 돌려도 반쯤 열린 입술, 지그시 감은 눈, 힘줄이 도드라진 남자의 팔이 여자의 허리를 감고 있는 모습뿐이었다. 붉은색과 황금색이 넘실거리는 미술관에서 걸어가며 나는 눈물을 참고 있었다. 준호가 나에게 '헤어스타일이 바뀌어서 성욕이 생기지 않는다'라고 말했기 때문이다.

몇 해 전 탈코르셋 운동을 접한 이후부터 긴 머리를 짧게 자르고, 리본이 달린 원피스 대신 헐렁한 바지를 입고 살아왔다. 이것이 어떤 의미에서 내가 행하는 일인지 준호도 이해하고 있었다. 내 이야기를 듣고 보니 여성복이 이상하게 느껴진다고, 이 운동에 동조하는 말을 여러 번 했다. 그런데 이제 와서 왜 이런 소릴 하지? 나는 힘없이 말했다.

"난 달라진 게 없는데. 똑같은 사람인데. 머리만 잘랐을 뿐인데."

"아니, 머리가 짧아진 것 자체가 문제라는 게 아니야. 그냥, 만나던 사람이 갑자기 스타일이 달라지면 낯설어지잖아? 그래서 왠지 자기한테 거리감이 느껴져."

그 자리를 박차고 떠나는 게 자신의 존엄을 지킬 수 있는 길이었을까? '코르셋 벗으면 남자친구 떠나간다. 남자친구는 네가 아니라 코르셋을 좋아한 거다.' 이런 내용의 문장을 SNS에서 본 적이 있었다. 이 문장의 완벽한 사례가 되는 게 비참했다. 내 삶, 우리의 관계가 그토록 얄팍한 관점으로 해석될 수는 없다고 생각했다. 나는 눈물을 참으며 잠자코 걸었다. 전시실을 다 둘러보고 아래층의 식당으로 들어갔다. 커피와 빵을 앞에 놓고 준호를 바라봤다. 그는 자신이 요새 좀 이상해진 것 같다고 한숨을 푹 내쉬었다. 그는 당시에 이미 수민과 깊은 관계로 진전된 상태였다. 그것을 모르던 나는 네가 많이 힘든 시기인가 보다 생각하면서, 예전에 너에게 받은 사랑을 이제 내가 돌려줄 차례라고 생각하면서, 울고 싶은 자신을 추슬렀다.

법원에 가서 이혼 서류를 접수할 때 직원이 나를 바라보며 물었다.

"아내분은요?"

나를 '남편'으로 착각한 것이다. 마스크를 하고 있었기 때문인가. 머리가 짧았기 때문인가. 옷차림이 문제인가. 아마 머리 길이가 가장 주요한 판단 기준이었을 것이다. 입에서 긴 한숨이 흘러나왔다. 하나님…. 천국에 가면 모두 삭발을 하고 있나요? 그곳은 머리카락이 없는 세상인가요? 아니면 거기서도 여자는 미사보를 쓰고 머리카락을 가려야 하나요? 우리는 언제쯤 머리카락 길이에서 자유로울 수 있나요?

*

이 단락을 쓰는 지금, 나는 준호와 수민을 기다리고 있다. 그들은 나에게 사과를 하겠다고 한다. 사과를 받는다고 달라질 일은 없지만 그래도 나에게 필요한 절차라고 생각한다. 이 자리에서 각서도 쓰기로 했다. 준호와는 재산분할협의서, 수민과는 손해배상에 대한 합의서. 수민에게 처음 연락했을 때 그는 선뜻 나에게 돈을 주겠다고 했다.

"얼마를 생각하시는데요?"

내가 묻자,

"천만 원 드릴 수 있습니다."

대답이 돌아왔다. 사실 돈 말고 다른 배상 방식이 없을 거라고 생각했지만, 너무나 자연스럽게 돈을 내겠다고 말해서 묘한 기분이 들었다. 내가 먼저 손해를 배상하라고 얘기했던 게 실수였을까? 그 말 이후 수민은 돈을 치르면 끝난다고 생각하는 것 같다. 하긴 그의 생각이 옳기도 하다. 내가 수민을 때리겠는가, 잡아다가 일을 시키겠는가? 어떤 방식으로 사과를 해야 내 기분이 풀리겠는가? 아니, 왜 내가 이걸 고민하고 있지?

자몽에이드를 시켜서 마시고 있는데 알코올이 든 것 같다. 왜 이렇게 어지러운지 모르겠다. 며칠 동안 잠을 제대로 자지 못하다가 어젯밤엔 12시간을 내리 잤는데, 지금도 자꾸 눈이 감긴다. 정신이 아주 맑을 줄 알았는데 모든 게 꿈같다. 자몽에이드엔 비타민이 많이 들었다지. 지금의 상황에 좋은 선택이다.

그 여자의 얼굴을 보면 기분이 어떨까? 덤덤할까? 나 혼자 나오는 게 아니라 다른 사람도 함께 나올 걸 그랬나? 준호의 어머니라도 대동해서 한 사람의 아내이자 며느리라는 윤리적 우위를 즐겨볼 걸 그랬나? 내가 그토록 지겨워했고 싫어했던 자리가 얼마나 안전한 자리였는지 생각한다. 내가 그저 준호와 동거하는 관계였다면 수민에게 당당하게 책임을 묻는 것이 어려웠을까? 책임을 물어도 결혼 파탄만큼 중요한 일로는 받아들여지지 않았을까? 함께 살다가 기만당하고 헤어지는 건 똑같은데, 법적 사회적으로 인정된 관계는 취급이 다르다니 참 이상한 일이다.

아내이자 며느리라는 자리가 끔찍하게 싫었는데 지금 나에게 도덕적 우위를 보장해 주는 것은 결국 이 자리인가. 이런 걸 보면 결혼하기 잘한 건지 모르겠다.

하하.

만남을 끝내고 돌아왔다. 기억에 남는 장면은 두 개다. 먼저 첫 번째 장면.

나: 당신은 당신이 뭘 망가뜨렸는지 모를 거예요. 준호와 스킨십을 할 때는 오직 자기 욕망만 생각했겠죠. 이후에 관계를 이어갈 때도 마찬가지고요. 준호의 삶은 제 꿈의 일부이기도 했어요. 당신은 그걸 부숴버린 거예요. 미안하긴 한가요? 당신은 자기 감정, 자기 욕망만 중요한 사람이니까 자기가 무슨 행동을 했는지 끝까지 모를 거예요.

수민: 나도 알아요. 미안하다고 생각해요.

나: 별로 미안해하는 것 같지 않은데요?

수민: 미안하다니까요. 그런데 미안함이 안 느껴진다고 하면 어떡해요?

나: … 지금 저한테 신경질 내시는 거예요?

이후 잠시 티격태격 말다툼이 있었다. 어린애들 장난처럼. 준호가 내 삶의 일부였다는 말은 써놓고 보니

조악한 멜로영화 대사 같지만 진심이었다. 그가 나와 함께 걷다가, 나무에 앉은 새가 눈에 띄면 항상 손가락으로 가리키면서 감탄했던 것이 기억난다. 그는 새들의 맑은 울음소리, 가벼운 움직임에 깊이 감동하곤 했다. 그 천진한 마음을 지켜주고 싶었다.

두 번째 장면.

준호: 모두가 이렇게 서로 원망하고 미워하는 것보다 이 관계가 더 낫게 끝났으면 해. 수민은 자기랑 취향이 비슷해. 〈타오르는 여인의 초상〉이나 〈윤희에게〉 같은 영화도 재미있게 봤대.

나: 그래서? 그 얘기가 지금 무슨 상관이야?

준호: 자기 작업실에서 수민이 글을 쓰면 어떠냐는 거지.

나: (놀람) 이 사람이랑 내가 작업실에서 같이 글을 쓰라고?

준호: 같이 작품을 만들라는 건 아니고…. 자기 작업실에서 하는 글쓰기 워크숍에 수민이 참여하면…. 수민이 글로 쓰면 자기한테 얼마나 미안해하는지 전달이 될

수도 있고…. 자기도 말했잖아. 이 관계에서 진부한 역할 하는 게 싫다고.

나: (한숨) 내가 변호사 찾아가기 전에 구글에 무슨 키워드로 검색해본 줄 알아? '상간녀 합의금'으로 검색해봤어. 지금 우리 상황은 끔찍하게 진부한 상황이야. 이 사람이 '상간녀'라면 나는 '조강지처'쯤 되려나? 막장 드라마에서 금방 튀어나온 것 같은 이 상황이 현실이야. 네가 매 순간 했던 선택이 오늘날 이 토할 것처럼 진부한 현실을 만든 거야. 그걸 받아들여.

수민은 그 자리에서 합의서를 쓰고 천만 원을 내 계좌로 송금했다. 이게 그 사람 방식의 사과겠거니 생각하는 수밖에. 못내 찜찜한 것은 수민에게서 받은 자기도취적인 인상이다. 잘못을 저지른 다음 책임지는 자기 자신의 역할에 대한 도취. 눈을 부릅뜨고 단호한 목소리로 사과하는 모습에서 그런 느낌을 받았다.

"금전적 여유가 좀 있으신가 봐요?"

내가 묻자 수민은 단호하게 고개를 저었다.

실제로 얼굴을 보고 나니 덤덤했다. 얼굴을 보면 화가 나거나 상처받을까 봐 걱정했는데, 마주하고 나니 오히려 모든 일이 한결 시시하게 느껴진다. 두 사람이 했던 스킨십, 교환했던 체액. 상상해봐도 딱히 질투가 날 것도 없고 그저 시시할 뿐. 화분 속에서 말라버린 식물을 뽑아 버리는 것처럼 딱 그 정도의 지저분함, 딱 그 정도의 번거로움만이 나에게 남아 있는 감정이다.

만약 수민이 나에게 없는 특징을 가진 사람이었다면 질투가 났을까? 위축됐을까? 얼굴이 동그랗고 보조개도 있고 웨이브 진 갈색 머리카락에 빵집을 하는 여자였다면? 따뜻하고 부드럽고 나누어줄 것이 많은 여자였다면? 그것이 빵이든, 애정이든.

수민을 본 이후 준호의 한결같은 취향에 웃음이 나올 정도였다. 나를 만나기 전에 네가 사귀었던 여자들도 그랬지. 어린 나이에 사업체를 경영하거나, 철인 3종 경기에 나가는 여자들. 스쳐가는 이야기로 들었을 뿐이지만 그들의 얼굴을 상상할 수는 있어. 진지하고 엄격한 얼굴과 꽉 다문 입매를 그려볼 수 있어.

*

이혼 서류를 접수한 다음 준호는 집을 떠났다가 이

틀 만에 돌아왔다. 집으로 가는 지하철역 벤치에 그가 앉아 있었다. 수염이 덥수룩했고 얼굴은 뼈가 드러날 만큼 여위어 있었다. 원망도 복수심도 생기지 않았다. 그저 하고자 하는 일을, 우리의 삶을 분리하는 일을 원활하게 마무리 지어야겠다는 생각뿐이었다.

그는 집으로 돌아가서 바닥에 무릎을 꿇고 눈물을 흘렸다.

"너무 미안해. 내가 어떻게 그럴 수가 있었는지…."

방바닥에 그의 눈물방울이 동그랗게 고였다. 나는 말했다.

"어떻게 그런 선택을 했니. 어떻게 나와 쌓아온 일상 대신 그 사람과의 육체적 관계를 택했니. 어떻게 그렇게 이해할 수 없는 선택을 했니."

말은 이렇게 했지만 사실은 이해한다. 용인하는 것과는 또 다른 의미다. 하찮은 충동 때문에 가장 사랑했던 것을 망가뜨리는 인간의 어리석음을 이해하는 것이다. 더는 준호에게 묻고 싶은 것이 없었다. 반면 준호는 하고 싶은 말이 많다.

"이렇게 될 줄 몰랐어요. 수민과 그러는 게 중요한 일이라고 생각하지 않았어요. 머리로는 알고 있는데 실감이 잘 안 났어요. 그저 일을 원만하게 매듭짓고 다시 자기와의 삶으로 돌아가고 싶었어요. 감정적으로 그 사람을 자극하면 자기한테 알릴지도 몰라서 겁이 났어요. 자기한테 혼나기 싫었어요. 싸우기 싫었어요…"

엉엉 울면서 매달리는 그를 뿌리치기 쉽지 않았다. 엄마를 찾는 아이를 버리는 것 같았다. 어린 시절 잠에서 깨어나 혼자 집에 남아 있다는 것을 알았을 때의 공포, 엄마도 아빠도 모두 일터로 떠났고 나 혼자 이곳에 있다는 걸 아는 순간 밀려오던 숨 막히는 외로움이 떠올랐다. 누군가에게 그런 감정을 느끼게 하고 싶지 않았는데.

나는 말한다.

"수민은 가정 형편이 어렵지 않니? 네 직장 월급은 내가 빤히 알잖아. 그쪽 아버지가 수술을 받는다고 들었는데, 나한테 이런 돈을 줘도 괜찮은 거야?"

"잘 모르겠어요."

"너희 부모님은 어때? 우리 결혼하면서 네가 가져온 돈, 어머니와 아버지가 힘들게 모았을 텐데. 형이랑 너한테 결혼 자금 주려고 오래 살았던 정든 아파트도 팔았잖아. 그 돈을 나한테 다 넘겨도 괜찮을까?"

"모르겠어요. 돈 얘기 했을 때 부모님은 별말씀 없으셨어요."

"네가 너무 불쌍해. 정말 네가 불쌍해."

얼마나 많은 일이 빠르게 과거가 되는지 모르겠다. 수민이 천만 원을 제시하기에, 나는 이천만 원을 달라고 했었다. 천만 원이 아무것도 아니라면 이천만 원은 어떨까? 속이 좀 쓰릴까? 돈 마련한다고 고생할까? 그러면 자신이 한 일을 후회할까? 변호사와 상담했을 때 수민을 상대로 이천만 원 정도의 배상금을 예상하고 민사소송을 하라는 조언을 들었다. 셋이 만나고 돌아온 후에 모든 게 부질없다는 생각이 들었다. 준호에게 준호가 감당해야 하는 몫의 후회가 있는 것처럼, 수민에게도 그 몫의 후회가 있겠지.

나는 결국 며칠 후에 수민에게 문자메시지를 보냈다. 나에게 돈을 더 주지 않아도 된다고. 저임금 직장에서 힘들게 번 돈일 텐데 받는 마음이 편하진 않다고. 악연은 이쯤에서 끝내자고. 수민은 "그게 민정 씨 마음이 편해지는 길이면 그렇게 진행하시죠"라고 답장했다.

바보야, 내 마음이 편해지자고 이러겠니? 나는 네

가 급하게 돈 마련한다고 사채를 쓰고 성매매 업소에 가게 될까 봐 걱정해서 그랬단 말이야. 당장은 아니라도 그 길의 초입으로 내가 밀어 넣는 걸까 봐. 한국 사회에서 돈이 필요한 여자의 몸이 얼마나 취약한 위치인지 알기 때문에. 이게 페미니스트로서 내 윤리란 말이야. 짜증이 나다가도 더 무슨 대화를 나눌까 싶어서 문자 창을 닫는다. 일전에 내가 수민에게 책을 선물했던 기억이 떠오른다. 몇 개월 전 수민은 휴대전화를 바꾸면서 자신이 썼던 아이폰을 준호에게 줬다. 뜻밖의 값나가는 선물에 놀랐지만, 그저 동료로서 호의에서 나온 행동이라고만 생각했다. 수민이 돈으로 보답받고 싶지 않고 책이나 한 권 사달라기에, 나는 준호에게 스타벅스 기프트 카드와 책 세 권을 들려 보냈다. 지금 생각하면 페미니즘 도서 세 권을 신중하게 골라서 예쁜 상자에 담던 내 모습이 얼마나 우스운지.

준호는 한 셰어하우스에 들어가기로 했다. 그는 셰어하우스 입주 계약서를 검토해 줬으면 좋겠다고 나에게 문자를 보냈다. 네가 지금 나한테 의지하면 안 되지 하다가도, 네 모습이 떠올라서 도와줘야겠다는 생각이 든다. "가기 싫어요, 자기랑 떨어지기 싫어요." 통곡하던 네 모습.

이제 어느 정도 길이 정해지고 정리가 된 것이다. 수민과 내가 더 연락할 일도 없고, 준호는 재산을 나에게 넘겨주고 독립하고. 수민과 준호의 인연이 더 이어질 것 같지는 않다. 물론 모르는 일이긴 하지만.

준호는 수민과 함께 만나곤 했던 지인 그룹의 두어 사람에게, 수민과 외도를 했고 지금 협의이혼 중이라고, 앞으로 모두 한 자리에서 만나기는 힘들 것 같다고 문자를 보냈다. 아마 이 사건은 준호가 다니던 직장의 사람들에게도 알려졌을 것이다. 똑같이 스캔들에 휘말려도 남자인 준호보다 여자인 수민이 감당할 수치심의 크기가 클 것이다. 이 사실이 또 화가 난다.

*

준호와 수민을 떠올리면 참 입체적인 인물이라는 생각이 든다. 나를 한없이 떠받들고 귀찮을 정도로 애정 표현이 잦았던 준호, 새의 아름다움에 감탄할 줄 아는 준호, 나를 속이며 다른 여자와 관계를 만들었던 준호.

수민도 마찬가지다. 연극적일 정도로 눈을 부릅뜨고 단호한 말투로 말하는 수민, '이 일에 책임을 지고 싶고 미안한 마음을 꼭 전하고 싶다'라는 수민, 준호를 많이 의지했다는 수민.

여기서 나는 어떤 인물인가? 나는 나라는 사람을 가장 모르겠다. 구속하는 아내가 될까 봐 겁먹다가 기만당한 아내. 다른 아내들처럼 남편한테 집착하지 않는다고 자만했던 아내. 이혼한 사람들 앞에서 그들은 실패자이고 나는 행운의 별의 수호를 받는 사람이라고, 삶의 어떤 시점에서는 분명히 그렇게 생각했던 여자.

페미니즘에 눈뜬 이후 한국 사회에서 남자를 사랑하기 너무나 힘이 들었지만, 그래도 준호라는 한 인간과는 다른 관계를 만들어갈 수 있다고 믿었던 여자. 비혼 비출산을 외치는 목소리에 공감하고, 기혼 여성은 가부장제 부역자라는 소리에 위축이 되면서도, 아무리 내가 지지하는 이데올로기라도 내 삶을 검열하도록 놔두지 않겠다고 다짐했던 여자.

'저렇게 드세게 할 말 다 하면서 살더니 남편이 바람피울 줄 알았다.'

'아직도 남자에게 희망을 품는 사람이 있다면 저

사람을 보고 깨달아라.'

두 가지의 이야기 다 그 사례가 되고 싶지 않았던 여자. 내 삶을 파편적으로 해석하지 말라고, 나라는 사람의 삶은 어떤 주장의 사례도 아니라고 지금도 소리치고 싶은 여자. 이 생각 뒤에 밀려오는 초라한 기분을 감당하는 여자.

'상간녀'를 욕하고 남편을 감싸는 그 숱한 아내들을 비웃으면서 나는 그렇게 안 산다고 우월감을 느꼈던 여자. 배우자의 외도를 덮고 산다면 남들도 나를 그렇게 보겠지, 겁내는 여자.

이 여자가 나인가. 실감이 나지 않는다. 이렇게 실감 나지 않는 상태로 평생을 살다 가는 건가 싶다.

마지막 문단을 2020년 4월 1일 신여성 작업실에 앉아서 쓰고 있다. 내가 내 삶을 편집하고 해석할 수 있다면, 자신의 삶을 이해할 수 있다면 무엇도 두려워할 것이 없다는 마음가짐으로 쓰고 있다. 유일하게 실감 나는 일은 이것이다. 글 쓰는 것. 나는 다른 무엇도 아닌 글 쓰고 있는 사람이다. 배윤민정이라는 인물에게 들이닥치는 사건을 해석하는, 하나의 관점이다.

주먹과
노래 사이

에세이스트 민정은 요즘 심기가 불편하다. 석 달 전 배우자인 준호가 자신의 외도 사실을 고백한 이후 이혼 절차를 밟고 있기 때문이다. 두 사람은 법원 이혼신청서 접수, 숙려 기간 거치기, 확정 기일 출석, 구청 이혼신고서 접수, 전셋집 내놓기, 이사 갈 집 구하기, 보험 계약자 변경 등의 업무를 처리해야 했다. 주로 매 단계의 일을 진행하고 결정하는 것은 민정이었다. 그는 난파당한 배를 어디에든 정박하고자 필사적으로 키를 움켜잡았다. 그리고 간신히 이혼이라는 육지에 배를 대고 숨을 고르고 있는 지금, 그의 마음은 착잡하기 짝이 없었다. 뒤를 돌아보면 부서진 배가 보였다. 그 배를 두 사람의 생활이라 해도 좋았고 미래라고 해도 좋았고, 민정의 마음이라 해도 틀리지 않았다.

구청에 이혼신고서를 접수한 날, 민정과 준호는 해물 안주를 파는 술집의 바깥 자리에 앉아서 맥주를 마셨다. 술집의 노상 테이블에서 놀 수 있는, 덥지도 춥지도 않은 이 시기를 사랑하는 민정이었지만 그때만큼은 밝은 표정을 지을 수 없었다. 반지하 술집의 조악한 인테리어, 지척에서 돌아가는 에어컨 실외기가 그의 마음을 더욱 어둡게 했다. 그는 자신이 도대체 왜 준호와 술을 마시고 있는지 자문하면서 꿀꺽꿀꺽 맥주를 마셨다.

하고 싶은 이야기가 남았는가? 그들은 결코 대화가 부족하지 않은 커플이었다. 두 사람은 주말에 함께 있을 때면 온종일 이야기를 나누곤 했다. 당신 너무 귀여워. 당신 너무 근사해. 그들은 오늘의 뉴스와 페미니즘 이슈와 주변 사람들의 말과 행동에 대한 의견을 교환했다. 두 사람이 아니면 알 수 없는 농담을 주고받으며 때로는 눈물이 나도록 웃었다. 민정은 그 시기를 돌아보면서 대화란 얼마나 무익한 것인가 생각한다. 우리의 말은 시공간을 채우기 위한 소음이었을 뿐이야. 무심히 틀어놓은 텔레비전이나 라디오 소리와 비슷하지. 그렇게 생각하면 울컥하는 감정이 올라왔다. 말을 통해 나의 생각과 마음을 전하는 것이 가능한가? 소통과 교감이 이뤄지는 것이 가능한가? 웅웅거리는 에어컨 실외기 옆에서 멍게를 우물거리는 그는 이에 대한 믿음을 상당 부분 상실한 상태였다.

그렇다면 듣고 싶은 말이 있는가? 그럴지도 몰랐다. 사실 민정은 한마디 말이라도 상대방에게서 위안을 받고 싶어 견딜 수 없었다. 비록 준호가 1년여간 극단 동료인 수민과 수차례 성적 접촉을 하며 자신을 감쪽같이 속여 왔어도 그랬다. 어찌 됐건 이 이혼의 당사자는 두 사람이었다. 준호가 자신에게 상처를 준 사람임과 동시에, 그 상처를 가장 잘 이해하는 사람이라는 사실이 민정에겐 무척 아이러니하게 다가왔다.

민정은 멍게를 목구멍으로 넘기고 입을 연다.

"뭐라고 말 좀 해봐."

준호는 자신이 얼마나 이 일을 후회하는지 설명한다. 수민과 출장지에서 처음 성관계를 했을 때부터 후회했다고 말한다. 사실 자신은 수민을 이성으로 봤다기보다는 연극 작업에 관한 이야기가 잘 통하는 동료라 생각했다고. 극단에서 다른 동료들과는 소통이 어려운데 수민과는 작업이 수월해서 동료이자 한 인간으로 사랑하고 아꼈을 뿐이라고.

민정은 묻는다.

"수민이 너한테 어떤 아이디어를 준 적이 있어?"

"그렇다기보다 주로 내가 이야기하면 듣는 쪽이었지. 잘 듣고 호응도 잘 해줘어. 나한테서 많이 배운다고 했어."

"네가 일방적으로 말하고 수민은 들었다는 거네. 그런데 왜 너는 그걸 '이야기가 잘 통했다'라고 생각해? 그냥 네가 말하는데 박수 쳐주는 사람이 있어서 으쓱했던 것뿐이잖아."

"그럴지도 모르지만, 그게 전부는 아니야. 나도 일이 이렇게 될 줄 몰랐어. 복잡했어."

"동료로서 잘 맞았다면 사무실에서 이야기를 하면 됐겠지. 두 사람이 옷을 다 벗고 서로의 몸을 만질 필요가 있을까? 그런 상황에서 대화란 좀 어렵지 않겠어?"

"자기를 상처 주고 속이려고 한 건 아니었어. 그것만 믿어 줘. 수민이 전에 말했었어. 자신이랑 잔 걸

민정에게 알리지 말라고. 그러면 민정이 크게 상처받을 거라고."

"둘이서 그렇게 입을 맞춰서 의논했던 거네? 같이 나를 속이려고 했던 거네? 어떻게 그 사람 입에 내 이름이 오르내리도록 해? 그렇게 둘이 짜고 나를 속이는 기분 즐거웠니?"

준호의 표정이 일그러진다.

"그런 뜻으로 말한 게 아니라, 그 사람도 나도 자기에게 상처 주기 싫었단 말을 하고 싶어서…."

"개 같은 것들. 형편없는 인간들."

술집에서 나온 다음에 두 사람은 빠르게 길을 걸어갔다. 누군가에게 기만당했을 때의 분노와 모멸감, 어째서 함께 술을 마셨는가 하는 후회 때문에 민정은 아무 말도 할 수 없었다. 지하철역에 다다랐을 때 십여 분간 씩씩 숨만 몰아쉬던 민정은 준호를 노려보며 빠르게 말했다.

"수민이랑 연극에 대해 함께 얘기하는 게 좋았다고? 예술 작업의 동지이자 동료로 사랑했다고? 그래서 너희들이 뭘 만들었는데? 하다못해 희곡 한 줄이라도 썼니? 넌 그저 말하는 게 좋았던 것뿐이야. 자기 얘기에 취해서 떠들고 있으면 자아가 팽팽하게 부푸는 느낌이었겠지. 네가 뭐라도 되는 것 같았겠지. 현실에서 아무런 성취도 이루지 못한 인간들의 특징이지. 한번 두고 봐. 너희들 서사와 내 서사 중에 어떤 이야기가 오래 살아남는지 두고 보라고. 하찮은 인간들, 실패한 예술가들."

복부를 얻어맞은 듯이 고꾸라지는 준호를 뒤로 하고 민정은 종종걸음으로 밤거리를 걸어갔다. 곧장 지하철 역사로 내려가는 것이 내키지 않았기에 근처 공원을 한 바퀴 돌 생각이었다. 눈물로 부예진 그의 시야에 거리에 즐비한 술집들의 불빛이 어른거렸다. 민정은 방금 자신이 한 말을 돌이켜 보면서 너무나 웃기다고 생각했다. 이 말을 다른 창작자가 했다면 자의식 과잉이라고 비웃고도 남았을 것이다.

"너와 나의 이야기 중에 무엇이 오래 살아남는지 두고 봐."

그렇지만 이것이 지금 민정이 글을 쓰는 가장 솔직한 이유였다. 세상에 보탬이 되고 사람들의 마음을 어루만지고 깨달음을 전해주려고 글을 쓴다면 근사했겠지만, 항상 민정을 노트북 앞에 앉히는 힘은 자신의 분노였다. 복수심이 아니라면 무엇이 나를 개성 있는 존재로 만들겠는가? 얻어맞았을 때 다시 후려치고 싶은 이 욕망이 아니라면 무엇 때문에 글을 쓰겠는가? 민정은 마음속으로 중얼거리면서 휴지로 눈가를 꼭꼭 훔쳤다.

성역할

수민이 1년여 전 준호에게 좋아한다고 고백했을 때, 나는 대수롭지 않게 생각했다. 수민을 레즈비언으로 알고 있었기 때문이다. 레즈비언인 수민이 준호에게 품은 감정은, 내가 동성 친구에게 매혹되는 감정과 비슷할 거라고 제멋대로 단정했다. 동성 친구 중에도 성적인 관계를 맺고 싶은 건 아니지만 특별히 좋아하게 되는 사람이 있지 않나. 만나면 편안하기보다는 들뜬 기분이 들고, 시야에 들어오는 순간 내 눈길을 온통 사로잡는 사람들. 살아오면서 나는 이런 여자를 여러 번 만났지만 이들과 우정 이상의 관계를 맺어본 적은 없었다. 이성애 연애 문법에 익숙하기도 했고, 누군가가 나에게 감명을 준다고 해서 반드시 그와 더 깊은 관계를 맺어야겠다는 생각도 들지 않았다. 처음에 아주 나를 들뜨게 했던 사람이라도 친해지다 보면 인간적 호감이라는 온풍이 불어와서 출렁거리는 매혹의 감정이 서서히 가라앉았고, 상대와 나는 이내 안정적인 우정 관계로 진입하곤 했다.

앞뒤 가리지 않고 불쑥 터져 나온 수민의 고백이 나에게는 마냥 유치해 보였다. 그가 나와 나이가 비슷한데도 어쩐지 성적으로 미숙한 존재로 느껴졌다. 남자를 '처음'으로 좋아해 본다는 말 때문이었을까? 나는 이 이야기를 들었을 때 선생님에게 고백하는 중학생을 보듯이 수민을 동정했다. 누군가를 좋아해서 가까워지고 싶은데 그게 안 되니 힘들겠구나. 물을 마시고 싶은데 마실 수 없는 것처럼 답답한 심정이겠지. 그래도 어쩌겠어? 준호와 나 사이에 수민을 끼워줄 이유가 없으니. 자기 갈증은 자기가 다스려야지.

나의 이 여유로움은 일차적으로 준호에 대한 절대적 신뢰에서 나오는 것이었다. 그가 나에게 숨길 만한 어떤 일도 없기 때문에 이 이야기를 스스럼없이 들려주는 것이라 믿었다. 이야기하는 내내 준호는 수민을 다소 경멸하는 태도였다.

"이상한 사람이야. 왜 저러는지 모르겠어. 너무 부담스럽고 싫어."

내가 혹시 수민에게 어떤 감정이 있는지 묻자, 준호는 코미디 연기를 하듯이 어깨를 으쓱였다.

"오우, 말도 안 돼."

카페에서 수민을 만났던 날, 나는 계단을 올라오는 그를 바로 알아봤다. 낯선 얼굴은 아니었다. 준호의 회사에서 올린 공연을 보러 갔을 때 나와 인사를 나누었던 이들 중 한 명인 것 같았다.

"음료는 아래층 카운터에서 시키면 돼요."

내가 친절하게 안내하자 수민은 잠자코 아래층에 내려갔다가 음료를 들고 나타났다. 준호가 등장하기 전 10분 정도, 그와 나는 단둘이 마주 앉아 있었다. 태어나서 한 번도 웃어본 적이 없는 것처럼 경직된 표정의 수민. 느닷없이 웃음을 터뜨려 버릴까 봐 애써 눈썹을 찡그리는 나. 내가 묻지도 않았는데 수민은 자신의 이야기를 술술 풀어놓았다.

"사실 준호가 입사하기 전에도 제가 회사에서 비슷

한 일을 해서 문제가 된 적이 있는데요, 제가 동료 중에 한 사람을 좋아해서 관계가 불편해지다가 그 사람이 퇴사했고…, 그 사람은 여자였는데…."

나는 말을 끊고 물었다.

"그 사람도 기혼자였나요?"

"아니에요. 결혼한 사람 아니에요. 남자가 아니라 여자였어요."

수민은 이전까지 자신이 여자만 좋아했다는 사실을 강조하고 싶은 것 같았다. 어째서? 장난스럽게 준호를 만난 게 아니라 자신에게는 나름대로 중대한 선택이었다고 항변하고 싶어서? 그런 말을 듣는다고 내 기분이 좋을 리 없는데.

일전에 준호는 수민이 섹스하자고 청했던 때를 떠올리며 이렇게 말했다.

"그 사람이 말하기를, 당신이 내 첫 남자가 되었으면 좋겠다고…."

삼류 연애 소설의 대사만도 못한 말을 떠올리니 참담한 기분이 밀려왔다. 진짜로 이런 말을 하는 여자가 있다니. 거기에 넘어가는 남자가 있다니. 그 남자가 하필 또 내가 인생을 함께하기로 선택했던 인간이라니.

'수민은 레즈비언이(었)다. 준호는 시스젠더 이성애자 남성이다. 수민이 처음으로 성적으로 끌린 남자가 준호다.'

이 세 가지 사실을 나란히 놓고 생각하면 머리가 어지러웠다. 줄기 하나를 가볍게 당겼는데 고구마밭의 고구마가 전부 달려 나오는 것처럼, 눈에 띄지 않는 곳에 묻어 두었던 준호와 나의 성적 트러블이 한꺼번에 눈앞에 펼쳐지는 기분이 들었기 때문이다. 성교통, 발기부전, 어색한 침묵, 애써 짓는 웃음. 둘 사이의 흙투성이 진실이 햇빛 아래 아무렇게나 굴러다녔다. 이 초라한 풍경이 준호와 내가 8여 년 동안 함께한 성생활 역사의 종착지였다.

*

우리는 헤어지기 전부터 오랫동안 섹스하지 않았다. 처음부터 준호와 내 관계에서 성적 열정이 없었던 건 아니다. 연애를 시작한 직후엔 우리 사이도 뜨거웠다. 그때 준호의 몸은 어깨도 넓고 배도 딱딱했다. 이 따뜻하고 단단한 몸이 밤새 내 이불 속에 있는 것이 좋았다.

나는 섹스할 때 그의 얼굴에서 깊은 인상을 받았다. 그는 평상시의 얌전하고 다정한 표정과는 거리가 먼, 희열에 가득 차서 어딘가 사악해 보이기까지 하는 얼굴로 나를 내려다봤다. 그는 자신이 무엇을 해야 할지 아주 잘 안다는 태도로 나를 만졌다. 나를 만진다기보다 '다룬다' 혹은 '가지고 논다'라는 표현이 더 어울리는 모습이었다. 내 몸 안에서 자신의 성기를 움직이며 쾌감을 만끽하는 그의 얼굴을 보고 있으면 육식 동물에게 잡아먹히는 초식 동물이 되는 것 같았다.

니노미야 히카루의 만화 《유혹》에서 '여자는 섹스할 때 남자의 몸이 아니라 거울 속에 비친 자신과 시선을 맞추며 흐트러진다'는 내용이 나온다. 나는 이것이 어떤 기분인지 아주 잘 안다.

나는 언제나 남자를 여자보다 지성이 부족한 존재로 여겼다. 어릴 때부터 흔히 들어왔던 '남자는 나이 먹어도 애다, 여자가 지혜롭다'라는 말을 곧이곧대로 받아들였기 때문일까? 내가 읽어온 문학과 철학 도서의 다수가 남자의 손으로 쓰였지만, 진정한 지성, 다시 말해 대화할 수 있는 지성은 여자의 것이라는 생각이 어린 시절부터 내 인식 깊은 곳에 자리 잡고 있었다. 나이가 들면서 인간은 성별과 무관하게 다양한 특징과 재능이 있다는 사실을 받아들였지만, 지금도 눈에 확 띄도록 좋은 글을 읽으면 저자를 당연히 여성으로 가정하는 습관이 있다. 그러다가 저자의 이름을 보고 남성인 것을 알게 되면 '와, 남자도 이런 글을 쓸 수 있구나.' 생각하면서 내 기울어진 인식의 추를 다시 한번 바로잡곤 한다.

이렇게 나보다 비지성적이며 열등한 존재가 나를 무릎 꿇게 할 때, 나는 자신이 추락하는 느낌에 흥분했다. 내 코앞에 위치한, 준호의 발기된 성기는 실제보다 훨씬 커 보였다. 그는 두 다리를 뻗고 서서 내 머리카락을 움켜잡고 고개를 움직이도록 했다. 섹스를 시작하는 것도, 애무와 삽입의 시기를 선택하는 것도, 자세를 바꾸는 것도 모두 그의 주도하에 이루어졌다. 신음하는 몸, 엎드리는 몸, 깔리는 몸, 짓눌리는 몸, 복종하는 몸, 패배하는 몸. 나는 거울이 없어도 나를 볼 수 있었다.

나는 네 욕망을 담는 그릇이 될게. 어디 한번 나를 네 멋대로 다뤄봐. 시키는 건 뭐든 할게. 명령을 해봐.

내 성적 흥분의 배경에는 이러한 굴복의 환상이 자리 잡고 있었다. 나는 나를 무너뜨림으로써 비로소 자신에게서 잠시 벗어났다. 그 밖에 어떠한 방식으로 흥분할 수 있는지 알지 못했다.

*

연애를 시작한 지 1년 반이 지난 후 준호는 포경수술을 했다. 이때부터 우리의 성생활은 무언가 조금씩 어긋나기 시작했다.

언젠가부터 그와 섹스하고 나면 질염이 생기는 증상이 반복되었다. 반드시 샤워한 후에 성관계를 하고, 두 사람 모두 병원 검사에서 이상 소견이 없는데도 그랬다. 나는 여러 달 동안 병원을 드나들며 항생제를 먹다가 근본적인 원인이 무엇인지 곰곰이 생각해봤다. 병원에 가서 상담하고 인터넷을 검색해봐도 뾰족한 대답을 들을 수 없었다. 파트너와 아무리 청결한 상태에서 성관계를 해도 질염이 재발한다는 사람은 많은데 두 사람에게 원인균이 없는 경우에는 그저 시간이 지나면 적응된다는 얘기밖에 나오지 않았다. 콘돔을 쓰는 것이

도움이 되었겠지만 준호가 무척 싫어했고, 나 역시 썩 좋아하진 않았다.

나는 준호에게 우리가 계속 만날 거라면 포경수술을 하는 게 좋겠다고 말했다. 이때까지 만난 남자들과 준호의 다른 점이 있다면 그것뿐이었다. 아무리 깨끗하게 씻는다고 해도 포경수술을 하지 않은 남성기가 한 남성기보다 불결하지 않을까? 평상시에 포피가 귀두를 계속해서 덮고 있다면 세균이 번식할 가능성이 높다는 것이 나의 판단이었다.

준호는 순순히 내 말을 따랐다. 그는 종합병원에 가서 수술 날짜를 잡았다. 나는 그가 내 말을 따르는 데 감동했다. 정말 나를 좋아하나 봐. 그렇지 않고서야 몸에 칼을 댈 리가 없잖아? 수술하고 낫고 나면 내가 많이 예뻐해 줘야지.

그러나 수술 후에 전혀 예상하지 못한 상황이 벌어졌다. 성감에 이상이 없을 거라는 의사의 말과는 달리, 준호는 자신의 몸이 달라졌다며 당황했다. 성관계 시의 느낌이 완전히 바뀌었다는 것이다. 더불어서 수술 과정도 자신에게 트라우마를 남겼다고 되풀이했다. 수술 전후로 누워 있던 병상이 전혀 프라이버시가 보장되지 않는 환경이었으며, 몸의 다른 부분은 천으로 덮어놓고 성기만 드러내고 있는 자신의 주위로 의료진들이 아무렇지도 않게 왔다 갔다고 했다.

"정말 끔찍했어. 수술 끝나고 다리 사이에 피가 흥건했고…. 집에 와서 보니까 거기가 끔찍한 보라색이었어."

수술을 받고 회복기를 가진 후 첫 섹스에서 그는 이전까지와는 달리 어색하게 몸을 움직였다. 그가 아니라 낯선 사람과 섹스하는 것 같았다. 당황한 나머지 내 몸도 뻣뻣해졌다. 그의 성기가 내 몸으로 들어올 때는 아픈 느낌마저 들었다. 우리는 망가진 인형들처럼 몸을 맞대고 삐걱거렸다. 그의 정액이 힘없이 흘러나와 내 배 위로 떨어졌다. 그는 잔뜩 원망 어린 어조로 말했다.

"왠지 뜻대로 안 돼. 생각과 몸의 연결 고리가 끊어진 것 같아. 다시 돌아가면 절대 수술 안 할 거야."

그의 이야기를 듣고 있으니 내가 포경수술을 너무 대수롭지 않게 생각한 것 같아 미안했다. 수많은 남자들이 하는 수술이라서 솔직히 큰일로 여기지 않았다. 나는 그를 안심시키려 애썼다.

"적응 기간일 뿐이야. 시간이 지나면 다시 예전처럼 될 거야. 어쨌든 내 입장에서는 자기가 더 위생적이고 안전한 몸이 됐잖아? 내가 자기 책임질게."

병원에서는 수술에 아무 문제가 없었다고 말했지만, 그는 끝내 적응하지 못했다. 성감에서 결정적인 부분이 사라졌고, 그 느낌이 다시는 돌아올 수 없으리라는 예감이 든다는 것이었다. 죄책감이 나를 짓눌렀다. 마치 내가 그의 성적 자유와 기쁨을 모조리 망가뜨린 사람이 된 것 같았다.

"미안, 내가 좀 더 깊이 고민해 봤어야 하는데…."

"지금에 와서 그런 얘기를 하면 어떡해?"

그의 얼굴이 일그러졌다. 나는 그의 눈을 피했다. 아마 너는 내 멱살이라도 붙잡고 흔들고 싶겠지. 그가 나에게 품고 있을 원망을 생각하면 겁이 났다. 설마 나는 너를 거세한 사람인가? 말도 안 돼. 이 질문을 떨치려고 나는 그의 성기를 다정하게 어루만지며 속삭였다.

"자기야, 아무 문제도 아니야. 시간이 지나면 다 해결될 거야."

시간이 흐를수록 우리가 섹스하다가 중간에 그만

두는 일은 점점 잦아졌다. 그가 삽입을 시도하다가 발기가 가라앉을 때도 있었고, 내가 통증을 느껴서 그만둘 때도 있었다. 각자 비뇨기과와 여성의학과에 가서 검사를 받으면 몸에 아무 이상이 없다는 말이 돌아왔다. 여러 병원에 가서 검사를 받거나 성클리닉에 가면 문제를 해결할 수 있었을지 모르지만, 사실 나는 이것을 얼마만큼 심각한 문제로 받아들여야 하는지 알 수 없었다. 어떨 때는 또 무난하게 관계가 이루어지기도 했으니까. 나의 성교통은 잦은 질염 후의 신체적 증상인가, 아니면 심리적 문제인가? 마찬가지로 그의 발기부전과 성감의 변화 또한 원인이 무엇인지 파악할 수 없었다. 섹스에 관해 대화를 시도하려 하면 그에게서 우선 이런 말이 튀어나왔다.

"자기가 그렇게 시키지만 않았어도…."

이제 나도 억울했다.

"선택한 건 자기잖아. 왜 모든 걸 내 탓이라고 해? 나보고 어쩌라고?"

"자기 때문이지! 수술 안 하면 자기가 나를 만나지 않을 거라고 했잖아."

"어쨌든 네 선택이라고."

어느덧 섹스라는 것이 둘 사이에서 재미있는 놀이가 아니라 잘못 건드리면 폭발물이 터지는 지뢰밭 같은 주제로 변했다. 이제 나는 가급적 이 행위를 피하고 싶었다. 섹스를 시도하는 것도, 시도했다가 중간에 그만두는 것도, 그가 나에게 품는 원초적 증오심을 느끼는 것도 무서웠다.

그는 점점 더 침대에서 수동적인 모습으로 변해갔다. 더는 이전처럼 사악한 표정을 짓지 않았고, 자신만만하게 나를 건드리는 손짓 또한 사라졌다. 대신 그는 이전의 나처럼, 침대에 몸을 뻗고 누워서 조금은 부끄럽다는 표정을 지으며 내가 만져주고 입 맞춰주길 기다렸다. 성기의 감각이 변했다는 그의 말이 거짓은 아닌 것 같았다. 내가 하는 애무에 반응하는 방식도 아주 달라졌다. 일전에는 내가 그의 음경 전체를 입안에 가능한 한 깊이 넣고 애무할 때 흥분했다면, 이제는 귀두에 혀를 살짝 갖다 대면 몸을 떨었다. 반들거리는 분홍색 살덩어리를 혀로 가볍게 핥고 있으면 마치 여자의 클리토리스를 애무하는 기분이 들었다. 실제로 해본 적은 없지만 상대의 반응이 꼭 이럴 것 같았다. 누워서 다리를 벌리고 신음하는 그의 모습이 어쩐지 자꾸 여자처럼 느껴져서, 나는 난처한 기분으로 그를 내려다봤다.

*

준호는 카페로 들어와서 마주 앉아 있는 나와 수민의 중간에 앉았다. 두 사람의 모습이 내 시야에 한꺼번에 들어왔다. 이렇게 쭈뼛거리며 앉아 있는 두 사람이 모두를 속이고 만남을 이어갈 만큼 서로에게 열정을 느꼈다니. 준호가 수민과 함께 있는 침대에서 오래전의 모습처럼 자신만만하고 능숙했는지 혹은 수동적이고 수줍은 태도로 누워 있었는지는 모를 일이다.

수민은 왜 하필 준호에게 끌렸을까? 나는 이 질문을 한참이 지난 후에야 떠올리게 됐다. 이 질문을 하려면 우선 수민의 욕망을 진지한 것으로 인정해야 했기 때문이다. 사실 이렇게 생각하는 편이 훨씬 간단했다. 너는 '진짜 레즈비언'이 아니라 이제까지 남자와 연애할 기회가 없었던 거야. 그저 자신을 속여왔을 뿐이야.

성애란 무엇일까? 추운 겨울날에 손바닥으로 울 니트를 만지면 정전기가 일어나는 것처럼, 적당한 조건만 갖추어진다면 발생하기 마련인 현상. 나에게 성애는 그 이상도 이하도 아니었다. 작은 통 안에 여성과 남성을 적당히 섞어놓으면 으레 커플이 탄생하고, 서로에게 느끼는 성욕을 기반으로 인간적 호감을 쌓아 가다 보면 어느 순간 서로를 운명의 상대라고 주장한다는 것이 나의 이성애 사랑관이었다. 만약 수민이 나처럼 이성애자로 살아온 사람이었으면 별다른 의문을 품지 않았을 것이다. 준호는 자신이 다니는 회사에서 유일하게 장기 근속한 남자 직원이었다. 가끔 그의 회사에 새로운 남자 직원이 들어오기도 했지만 업무 조건이나 환경 탓인지 금방 떠나기 일쑤였다. 수민이 자신의 생활 반경에서 가깝게 만나는 남자가 준호뿐이었다면, 그래서 그에게 끌렸다면 이 이야기는 쉽게 이해할 수 있다. 수민은 그저 남자와 연애할 기회가 없었을 뿐이고, 그러한 관계에서 자신감이 부족했던 나머지 이제까지 자신을 레즈비언으로 여기며 살아온 거라면…. 말도 안 되는 소리. 수민이 자신감이 부족했다고? 준호는 외도 사실을 고백하면서 줄곧 수민을 탓했다.

"키스도 그 사람이 먼저 했어요. 자는 것도 그 사람이 원했어요. 차라리 하고 나면 마음의 정리가 쉬울 것 같다고 했어요."

이 말을 곧이곧대로 믿지는 않지만, 수민이 준호와의 성관계를 원했고 자신의 의사를 직설적으로 밝혀온 것은 사실이라 생각한다. 그는 자신의 욕망 외에는 무엇에도 눈 돌리지 않는 우직한 사람이었다. 자신이 원하는 바를 표현하는 데도 거리낌이 없었다.

"남자를 좋아한 것은 처음이에요."

그의 말을 떠올리면 오히려 나와 준호가 서로에게 대체 가능한 존재였다는 생각마저 들었다. 우리는 서로에게 단 하나뿐인 배우자였지만, 한편으로는 결혼이라는 공연에서 남편과 아내라는 역할을 연기하는 배우인지 몰랐다. 준호가 준호가 아닐수록, 내가 내가 아닐수록 이 역할극은 더욱 원만하게 굴러갔으리라.

결혼 생활 초기에 준호를 '여보'라고 부를 때 얼마나 뿌듯했던지 기억난다. 나는 그와 2년 정도 동거하다가 결혼했는데, 동거인이 아니라 배우자가 되고 나니 그의 옆에서 괜히 당당해지는 기분이었다. 신혼여행지의 식당에서 우리와 합석하게 된 중년 부부는 이렇게 물었다.

"두 분 결혼하신 거죠?"

"네, 신혼여행 온 거예요."

만약 우리가 결혼한 커플이 아니었으면 진실을 말하든 거짓을 말하든 '부부'라고 대답할 때처럼 떳떳한 기분이 들지는 않았을 것이다. 사람들 앞에서 준호를 '여보'라고 부르면 혀끝에 감미로운 기운이 돌았다. 젊은 이성애자 신혼부부. 우리는 완전히 합법적이며 심지어 사회적으로 권장되는 존재였다. 삼십 대 초반의 나에게는 결혼이라는 패스가 필요했다. 부모에게 재산을 받고 싶었고, '기혼 여성'이라는 안정된 이미지를 갖고 싶었다. 물론 준호가 나에게 무척 헌신적이고 다정한 남자여서 함께 화목한 가정을 만들 수 있으리라는 비전도 있었다. 결혼을 결심할 당시에는 무엇이 내가 원하는 것이고 또 무엇이 사회적 압력인지 구분할 수 없었고, 구분할 필요도 느끼지 않았다.

나는 신혼여행지에서 그와 팔짱을 끼고 걸으며 생각했다. 우리는 어린 시절부터 보고 배워온 대로 남자 한 명과 여자 한 명이 짝지어 사는 일을 반복하고 있다고. 이렇게 우리가 상투적이고 관습적으로 사랑할 수 있어서 다행이라고. 아마 이 기분을 사람들은 '안정감'

이라고 부르는 것 같았다. 이제 우리에게 남은 목표는 사이좋은 노부부가 되는 것뿐이라 믿었다. 수민과 준호의 관계라는 변수가 생기기 전까지 그 믿음은 계속됐다.

수민에게는 준호가 특별한 존재였다고 가정하면 불쾌하다. 상대를 특별한 존재로 바라보는 시선이야말로, 준호가 수민에게 끌린 결정적 이유라고 생각하기 때문이다. 그리고 어쩌면, 아니 높은 확률로, 준호를 수많은 남자 중 하나로 보는 나의 냉소적인 시선 때문에 그가 나에게서 멀어졌으리라.

수민은 왜 하필 준호가 자신의 '첫 남자'가 되기를 바랐을까? 레즈비언으로 살아왔다면서 직장 동료이자 기혼 남성인, 이렇게 번거로운 조건의 상대를 원했던 이유는 뭘까?

*

결혼하고 시간이 지나면서 준호의 몸은 점차 변해갔다. 그는 나와 함께 살면서 '운동하지 않는 기쁨'에 눈을 떴다며 농담처럼 말하곤 했다. 그는 나이가 들면서 나날이 체중이 줄어들었는데, 근육이나 여분의 살이 사라진 그의 몸은 전체적으로 뱀처럼 미끈한 곡선 형태가 되었다. 여자의 몸도 남자의 몸도 아닌 것 같았고, 포유류보다는 파충류에 가깝게 느껴졌다. 그가 방안에 나체로 서서 보디로션을 착착 바르는 모습을 보면 이런 생각이 떠올랐다. 저 몸통을 봐. 기아 상태의 아이처럼 가느다란 허리, 흉통에 드러나는 올록볼록한 갈비뼈. 저 몸이 나에게 감겨 온다면…. 나는 슬며시 눈길을 딴 데로 돌렸다. 차라리 그가 아주 추하고 우락부락한 타입이라면 성적으로 더 매력적일 것 같았다. 커다랗고 털투성이인 손을 뻗어서 당당하게 나에게 자기의 성욕을 충족시키라고 요구했다면, 나는 자신을 야수 앞에 있는 미녀라고 상상할 수 있을 텐데. 그러나 그는 침대에 몸을 나른하게 뻗고 누워서 내 손을 잡아끌며 속삭일 뿐이었다.

"여기…, 여기를 만져 줘."

나에게 이토록 처참한 감흥을 일으키는 그가 가엾어서 가끔은 오히려 안아주고 싶었다. 단, 몸이 아니라 마음으로. 몸으로 안는다면 옷을 입은 상태에서.

결혼 후에 그와 나는 종종 이런 장난을 쳤다. 내가 "에잇" 소리 내면서 그를 침대에 내던지는 시늉을 하면, 그가 "꺄" 하는 감탄사를 지르며 쓰러지는 장난. 반대로 그가 나를 쓰러뜨리는 흉내를 내면 나 역시 "꺄" 소리 내며 침대에 몸을 눕혔다. 수많은 영화에서 클리셰로 나왔던, 남자가 여자를 두 팔로 번쩍 안아 들고 침대에 데려가는 장면을 우리 식으로 흉내 내면서 노는 것이었다. 하지만 우리 사이에선 누가 어떤 역할을 맡든 그다음엔 전혀 성적인 분위기가 조성되지 않았다. 우리는 침대에서 잠시 서로를 안다가 가볍게 입을 맞춘 다음 몸을 일으켰다. 이런 장난을 치면서부터는 어쩌다 진지한 분위기로 성관계를 시도해도, 이내 둘 중 한 사람이 "꺄" 하는 감탄사를 지르며 상대를 밀어내기 일쑤였다.

다정하게 사랑을 나누려 하면 어쩐지 어색해서 자꾸 웃음이 나왔다. 포르노로 섹스를 배웠기 때문일까? 우리 사이에 조성된 친밀함, 다정함, 인간적 호감이 섹스를 방해했다. 한국에서 이성애자 남성과 여성으로 살아온 우리가 권력의 낙차가 아니라면 무엇에 흥분할 수 있겠는가? 실제로 포르노 영상을 보지 않는다고 해도 포르노그래피의 문법이 준호와 나 사이에 작동하는 유일한 관능의 방식이었다. 사냥꾼과 사냥감. 힘과 욕망의 주체인 남자와 상대에게 자신을 내어주는 여자. 이 남성상과 여성상이 우리의 침대에서 하나의 전형으로 존재했다. 물론 그도 나도 의식적으로는 이 스테레오타입을 강하게 부정했지만, '그 남자'와 '그 여자'를 연기하지 않고는 도무지 성적인 분위기가 만들어지지 않았다.

우리가 살짝 입 맞춘 다음에 몸을 일으키며 나누었던 대화. 나는 묻는다.

"자기야, 알다시피 우리가 무려 섹스리스 부부잖아. 자기는 괜찮아?"

"음, 나이가 들어서인지 예전처럼 욕구가 없네."

"나는 상관없지만, 자기가 괜찮은가 해서."

"난 괜찮아. 그리고… 자기를 만지는 건 나쁜 일을 하는 것 같아."

"이상한 생각이네. 옛날에는 안 그랬잖아?"

"그때는 페미니즘을 몰랐으니까 그랬지."

그는 이맛살을 찌푸리며 말을 이었다.

"나는 남자잖아. 남자들이 어떤 식으로 여자를 생각하는지 잘 알아. 한마디로 같은 사람으로 안 보는 거야. 여자를 만나면 예쁜가, 섹스할 수 있나 이 기준으로 생각하고…. 자신이 정복하는 대상으로 여기는 거지. 과거의 나를 생각하면 너무 한심해."

"이제라도 깨달아서 좋지? 자학할 필요 없어. 인식이 확장되는 건 기쁜 일이잖아."

짐짓 선생님처럼 말하면서도 찜찜한 기분을 지울 수 없었다. 오래된 질문이 다시 돌아왔다. 나는 너를 거세한 사람인가? 너의 성적 행복과 자유를 박탈하는 사람인가? 말도 안 돼. 내 옆에서 자기 남성성의 역사를 돌아보는 것이 그가 원하는 삶인걸.

나는 정말이지 섹스를 하지 않아도 괜찮았다. 더 정확하게 말하자면 이렇게 사회문화적으로 복잡한 행위는 하고 싶지 않았다. 옷을 벗고 질척거리지 않고도 함께할 수 있는 재미난 일이 많으니까. 나는 준호와 나란히 앉아서 맥주를 마시며 영화를 보는 일상에 만족했고, 그도 마찬가지라 믿었다. 우리는 참 잘 맞는 커플이야. 그렇고말고. 우리는 같은 것을 원하지.

*

준호는 나와 함께 살면서 점점 더 눈에 띄게 몸놀림이 나긋나긋해지고 표정이 새치름해졌다. 계속 나를 보다가 닮아가는 것인지도 몰랐다. 그는 흉내 내기의 명수였다. 눈을 내리깔고, 입을 삐죽이고, 자신을 가리킬 때 손바닥으로 쇄골을 살짝 짚는 식으로 내 표정과 몸짓을 따라 하는 그를 보면 웃음이 터졌다. 나는 그의 허리를 뒤에서 꼭 껴안고 말했다.

"자기가 여자였으면 좋겠어. 그럼 내가 머리도 땋아주고 생리대 하는 법도 가르쳐줄 텐데. 테니스 스커트도 입히고 함께 소풍 가고…."

그가 징그럽다고 반응했던가? 어디까지나 농담이었지만 내 말엔 간절한 바람이 조금쯤 담겨 있었다.

당신이 테니스 스커트를 입고 길을 걷는다면 남자들이 어떤 시선으로 여자의 몸을 보는지 느낄 수 있을 텐데. 밤중에 골목길에서 한 남자가 뒤에서 걸어오면 얼마나 짧은 순간에 온몸에 소름이 돋는지 알 수 있을 텐데. 우리 사이의 복잡한 문제도 상당 부분 사라질 텐데. 결혼 후 아내와 남편이 불평등한 위치에 서게 되는 문제라거나, 포경수술, 발기, 섹스를 둘러싼 갈등이라거나. 나 혼자만 아는, 남자인 그와 여자인 나 사이의 머나먼 거리도 사라질 텐데. 네가 나를 이해한다는 믿음을 가질 수 있을 텐데.

나는 그가 남자인 것도 싫었고 남자로 느껴지지 않는 것도 싫었다. 반대로 내가 싫어했던 특성이 수민에게는 매혹의 이유였는지도 몰랐다. 너는 내심 성애의 정상성이 탐났던 거지? 몸짓이 나긋나긋하고 표정이 상냥하면서 페미니즘 얘기를 하지만 남자의 권력을 가지고 있는, 그런 준호가 좋았던 거지? 나는 이렇게 계속해서 수민을 의심한다. 그가 준호를 사랑했다기보다 그저 자기 욕망을 준호에게 투사했을 뿐이라 철석같이 믿으려 한다. 너는 '진짜 레즈비언'이 아니라 이제까지 남자와의 관계에서 겁을 먹었을 뿐이야. 그 누구보다 남자를 만나고 싶어서 앞뒤 가리지 않고 이 치정 관계에 뛰어든 거야.

하지만 누가 알겠는가? 이 모든 것은 추측일 뿐이다. 아마 수민 자신도 준호에게 왜 끌렸는지 스스로 다 설명할 수 없을 것이다. 카페에서 내가 내민 '손해배상

합의서'를 쓰는 수민과 '재산분할협의서'를 쓰는 준호. 그들을 보고 있으니 내가 무엇을 모르고 살았는지 처음으로 자문하게 됐다. 작은 테이블을 가운데 놓고 서로에게 가까이 앉아 있는 그들의 모습은 내가 삶에서 기필코 도려내고자 했던 부분이 찍힌 이미지 같았다. 판화를 찍을 때 고무판의 움푹 패인 부분이 그림에서는 선으로 나타나는 것처럼, 어떤 욕망은 음화(陰畫)로만 드러나는지 몰랐다. 수민은 결국 준호의 몸에서 원하던 것을 찾았을까? 나는 또 준호의 몸에서 무엇을 원했던가? 우리들의 이상한 합작.

이혼 확정 기일,
법원에서

2020년 5월 11일은 협의이혼 확정 기일이었다. 이날 부부가 함께 법원에 출석하면 이혼이 성립된다. 민정은 준호와 함께 법원 복도의 의자에 앉아 차례가 되길 기다렸다. 오후 세 시 반. 복도 의자에 사람들이 가득했다. 그는 마스크 위로 준호의 눈을 바라봤다.

확정 기일이 다가올 무렵 그들은 남은 짐을 어떻게 정리할지 이야기를 나누려고 만났다. 준호는 법원에 출석하는 날을 생각하면 너무 무섭다고 민정에게 호소했다. 이미 자신의 마음은 정리가 끝났다고 큰소리친 것이 무색하게도, 막상 이 자리에 앉자 민정은 충격에 몸을 떤다. 법원 복도 의자에 앉아서 대기실로 들어가는 문을 보고 있으려니 정신을 잃을까 봐 더럭 겁이 난다. 걷다가 쓰러지면 어쩌지? 단단한 바닥에 머리를 부딪치면 크게 다칠 텐데…. 생각에 빠져 있는 민정 앞에서 준호는 갑자기 책 이야기를 꺼낸다. 《2020년 젊은작가상 수상작품집》을 읽었느냐고.

"응, 봤어."

"강화길 작가의 〈음복〉 읽었어? 소설 어땠어?"

"지금 그 이야기를 왜 해?"

"딴 이야기 하고 싶어서."

"현실을 직시하자."

준호는 입을 다물고 민정은 눈을 감는다. 오래 걸리지는 않을 거야. 좋은 일이든 나쁜 일이든 시간은 같은 속도로 흐르니까. 잠시만 견디면 돼. 그는 마음속으로 되뇐다.

법원 직원이 여러 사람의 이름을 한꺼번에 부른다. 그중에 민정의 이름도 들어 있다. 그들은 복도를 지나서 대기실 문 안으로 들어간다. 이혼하는 부부들이 참 많다. 어떤 이들은 덤덤한 얼굴이고, 또 어떤 이들은 가벼운 미소를 띠고 있다. 한 여성이 법원 직원에게 무언가를 묻더니 "네? 취소했다고요?"라고 소리친다.

"남편분이 취소하고 가셨어요. 협의이혼은 두 분

모두 동의해야 처리됩니다."

그 말을 들은 여성은 허탈하게 웃으며 자리를 뜬다. 민정은 벽에 기대어 앉아 심호흡을 한다. 뜨거운 무언가가 쉴 새 없이 그의 명치를 두드린다. 그제야 민정은 분명하게 깨닫는다. 자신이 준호를 용서할 수 없다는 것을. 결코 그를 용서하지 않으리라는 것을.

민정은 이제까지 자신이 준호를 얼마나 미워하고 원망하는지 알지 못했다. 오히려 크게 화가 나지도 않고, 질투심도 생기지 않아서 그를 별로 사랑하지 않았는가 자문하기도 했다. 이혼하기로 한 건 앞으로 그와 함께 살아갈 의향이 없기 때문이라고만 생각했다. 이건 부정적인 감정에 휘둘려서 내린 결정이 아니라, 어디까지나 더 나은 삶을 살고 싶다는 긍정적인 동기에서 이루어진 선택이야. 다른 누구도 아닌 내 삶을 위해 선택한 거야. 민정은 거울 속의 자신을 보며 산뜻하게 미소 지었다. 물론 이것도 진실이었다. 하지만 이혼이라는 결정이 그런 산뜻한 감정에서만 출발하지 않았다는 걸, 민정은 협의이혼실 문 앞에 앉은 지금에야 비로소 인정한다.

나는 너를 용서할 수 없다. 네가 나에게 한 일을

용서할 수 없다. 나를 속이면서 직장 동료와 관계를 만들어왔던 1년여의 시간을 용서할 수 없다. 내가 창원에서 친구를 만나고 왔던 날 "혼자 자느라 외롭거나 무섭지 않았어?" 묻는 나에게 "보고 싶었다"라며 애교를 부리던 너를 용서할 수 없다. 법원 복도에 앉아서 고통의 시간이 지나가기만을 기다리게 한 너를 용서할 수 없다.

민정은 벽에 기대어서 계속 숨을 몰아쉰다. 결혼식 날 성당 제단 앞에서 자신을 보던 준호의 얼굴이 떠오른다. 감동에 못 이겨서 눈물이 그렁그렁하던 모습. 그 얼굴이 기억에는 선명하지만, 그때로부터 오랜 시간이 지났음을 부정할 수 없었다. 과거에 자신이 사랑했던 사람은 지금 세상의 어느 곳에도 없다. 그것이 시간이 흐른다는 말의 의미였다. 그는 자신이 느끼는 감정이 낯설다. 분노할 때는 많았는데. 사회적 현상이나 주변 사람들의 말과 행동에 못 견디게 화가 날 때는 많았는데. 그런 감정은 대부분 글이 되어서 세상으로 나갔다. 그러나 슬픔에 대해서는 아무 말도 할 수 없구나. 그가 생각하기로 슬픔은 누군가와 공유하기에는 너무나 개인적인 감정이었다. 그뿐만 아니라 이 슬픔의 전후 과정을 분석해서 하나의 이야기를 구성하고, 자신과 타인에게 설명해도 아무런 위안이 되지 않았다. 분노와 언어가 서로를 필요로 하는 짝이었다면, 슬픔 앞에서는 자꾸 말이 흩어지고 사라졌다. 말의 속도가 시간을 따라잡을 수 없었다.

욕망

이혼 확정 기일을 앞두고 3주 전, 준호와 나는 웨스틴조선 호텔에서 하룻밤 묵었다. '이별 여행'이라는 단어로 포장하긴 했지만 무슨 의식을 하고 싶다기보다도 둘 사이에 들끓는 말과 에너지를 해소할 공간이 필요했기 때문이다. 내가 제안했고 그는 동의했다. 우리는 함께 지하철을 타고 호텔로 갔다. 코로나 확산이 한창인 시기였다. 호텔 안은 2년 전에 왔을 때와 비교하면 텅 비어 있다고 말할 수 있을 정도로 사람이 드물었다. 로비에 두어 명 있는 직원들의 접객은 여전히 정중했지만 오성급 호텔이라기엔 초라한 공간으로 전락했다는 느낌을 지울 수 없었다. 사람들의 열기와 목소리가 빠져

나간 곳은 어딘지 조금씩 낡고 빛이 바래 보이기 마련일까.

"서울광장이 이렇게 텅 비어 있는 건 처음 봐."

나는 라운지에 앉아서 유리창 밖을 내려다보며 중얼거렸다. 아무런 행사 시설도, 오가는 이도 없기에 광장의 형태가 고스란히 드러났다.

오후 다섯 시부터 일곱 시까지는 호텔에서 마련한 '해피 아워'였다. 라운지에서 무제한으로 와인과 안주를 먹을 수 있는 시간. 준호와 나는 연어, 새우, 치즈를 앞에 놓고 와인을 마셨다. 투명한 와인은 차갑고 쌉쌀했다. 그와 마주 앉아서 와인을 마시며 나는 어느 정도 흥분해 있었다. 늘 돈을 아껴야 한다는 강박 속에 살다가 오랜만에 사치스러운 분위기를 느꼈기 때문일 수도 있다. 혹은 먹고 마신 다음 그와 섹스를 하게 되리라고 예상했기 때문일 수도 있었다.

이혼하기로 한 남편과 섹스를 한다니. 마치 금기를 위반하는 느낌이었다. 이제까지 우리 사이에서 섹스라는 이슈가 도저히 풀 수 없는 난제처럼 느껴졌다면, 상황이 이렇게 되고 보니 오히려 수월했다.

왜 지금에 와서야, 그가 다른 여자를 만났다는 사실

을 알고 나서야 그에게 성욕을 느낄 수 있는 걸까? 나는 내 성욕의 정체가 무엇인지 처음으로 곰곰이 생각했다. 서른이 넘은 지금에야 이런 질문을 떠올린다는 것이 이상했다. 나에게 섹스란 무엇일까? 십 대 때는 금지된 일이었고, 이십 대 때는 수치스러운 일이었고, 결혼하고 나니 의무가 됐다. 어떨 때는 이 사실이 너무 화가 나서 가슴이 터질 것 같았다.

*

연애를 하고 동거를 하던 시기에 준호는 나의 어깨를 감싸고 길을 걸었다. 한쪽 팔을 쭉 뻗어서 내 어깨에 손을 올리면, 나는 반대쪽 팔로 그의 허리를 감쌌다. 내 상반신을 감싸는 그의 팔. 밤길을 걸을 때 범죄의 위협으로부터 나를 보호해 주고, 길 가는 남자와의 시비로부터 나를 지켜주는 팔. 한때는 이 팔 안이 내가 오랜 세월 헤매다가 겨우 발견한 울타리 같았다. 그 팔이 세상과 나 사이에 그어진 경계처럼 느껴지기 전까지는 마냥 안온했다.

이 울타리가 언제부터 나에게 갑갑하게 느껴졌는

지 되짚어본다. 2018년에 SNS를 하다가 탈코르셋 이야기를 처음 접했다. 사람들은 탈코르셋을 하기 전과 후의 모습을 자신의 계정에 올렸다. 예컨대 하나는 파마를 한 긴 머리에 짧은 원피스를 입고, 정장 차림의 남자에게 안기듯 기대어 있는 사진. 또 하나는 머리를 삭발하고 편안한 바지를 입고 두 다리를 넓게 벌리고 서 있는 사진. 나란히 배치된 두 사진을 보는 순간 생각 이전에 가슴이 반응했다. 너무너무 속이 시원했다. 체기가 있는 줄도 모르고 살았는데 체한 것들이 일시에 내려가는 것 같았다. 나는 즉시 머리를 자르고 옷 스타일을 바꿨다.

몸의 자세를 인식하게 된 것도 이 무렵이었다. 다리를 모으고 좁은 공간을 차지하는 데 익숙한 여성의 몸과, 다리를 벌리고 최대한 넓은 공간을 차지하려는 남성의 몸. 그 무렵 유튜브에서 어린아이들이 성인처럼 분장하고 드라마의 장면을 따라 하는 영상을 봤던 기억도 떠오른다. 어른 흉내를 내는 순간 여자아이는 눈을 내리깔며 남자아이에게 넥타이를 묶어 줬고, 남자아이는 어깨를 펼치고 턱을 치켜들었다. 이제까지 미디어에서 숱하게 봐왔던 장면이었는데 비로소 그때야 견딜 수 없다는 생각이 들었다.

준호에게 말했다.

"자기가 팔로 나를 감싸면서 걷는 게 싫어. 내가 자기 소유물이 된 것 같아. 모욕적이야."

내 말을 듣고 그는 화를 냈다.

"그럼 나는 뭘 할 수 있는데? 내 손이 닿는 것조차도 이렇게 싫어한다면 나를 좋아하긴 하는 거야?"

"나는 자기가 싫은 게 아니라 이런 스킨십 방식이 싫은 거야. 자기가 어깨에 손을 올리거나 허리를 감싸는 자세가 싫어. 둘이 함께 손잡고 걸으면 되잖아? 나란히, 친밀하게, 평등하게."

준호는 알겠다고 했지만, 한번 만들어진 습관은 바뀌기 힘든 것인지 이후에도 그는 자꾸 내 어깨와 허리에 손을 올렸다. 슬그머니 뿌리치기를 반복하던 어느 날 나는 이를 악물며 말했다.

"내 몸에서 손 떼. 손가락을 다 부러뜨려 놓기 전에."

그의 얼굴에 억울한 표정이 떠올랐다.

*

그해 가을 무렵 영화관에 갔다가 화장실에 들렀다. 복도에서 문을 열고 화장실로 들어섰을 때 바닥 여기저기에 흩어진 휴지 조각이 눈에 들어왔다. 어휴, 왜 이렇게 지저분하게 화장실을 쓰지? 마음속으로 투덜거리면서 칸막이 안으로 들어가자마자 이유를 알게 됐다. 화장실 문의 작은 구멍마다 하얀 휴지 뭉치가 빼곡하게 꽂혀 있었다. 그래, 쉽지 않은 일을 해내느라 바닥에 휴지를 떨어뜨릴 수밖에 없었구나. 나도 공중화장실에서 여러 번 시도해 봤지만 작은 틈에 휴지를 뭉쳐서 꽂는데 번번이 실패하곤 했다. 적당히 말린 휴지는 제대로 꽂히지 못하고 힘없이 떨어졌다.

이 구멍 중에 몇 개가 카메라 렌즈의 구멍일까? 나는 영화관 화장실에 앉아서 문을 노려보며 생각했다. 내가 자주 오가는 홍대입구역 화장실에서도 생각했다. 수많은 카페와 식당과 술집의 화장실에서도 생각했다. 원래 화장실 문이라는 것이 그럴 수밖에 없는 건지, 구멍이 단 하나도 없는 곳을 찾기가 오히려 힘들었다.

언젠가부터 볼일을 보기 전에 바지를 내릴 때는 윗

옷의 옷자락을 최대한 아래쪽으로 끌어당기는 버릇이 생겼다. 이곳에 존재할지 모를 익명의 시선들로부터 내 성기를 가리기 위해. 사방을 두리번거리며 변기에 앉아 있으면 이상한 소망이 떠올랐다. 내 몸이 딱딱한 껍질이 되기를. 단 한 방울의 액체도 흘리지 않는 몸이 되기를.

2019년에 웹하드에서 불법 촬영 영상이 유통된다는 기사가 쏟아졌다. 시사 프로그램에 나온 남자들은 단돈 몇백 원에 여자를 성폭행하는 영상이 팔린다고 증언했다. 여자를 때리고 죽이고 강간하고, 그 과정에서 누군가 돈을 번다는 것은 내가 모르는 사이에 한국 사회의 상식이 되어 있었다. 얼마 지나지 않아서 '버닝썬' 사건이 폭로되었다. 강남의 클럽에서 남성들이 여성들에게 일명 '물뽕' 등의 마약을 몰래 술잔에 타서 먹이고 성폭행했으며, 이러한 일이 하나의 관습처럼 오래전부터 공공연하게 벌어졌다는 것이다.

뒤이어 'n번방' 고발 기사가 나왔다. 가해자 남성들은 조직적으로 여성들을 협박해서 성착취물 동영상을 찍도록 하고, 그 영상을 텔레그램 대화방에 공유했다. 입에 담을 수 없을 정도로 잔인하고 끔찍한 영상을 보려고 돈을 내고 대화방에 들어간 이가 수만 명에 이르렀다.

인터넷에 뜬 기사를 보면 가슴에 무거운 것이 쿵 하고 떨어진 다음 침묵이 찾아왔다. 가슴이, 이내 온몸이 침묵했다. 그 느낌을 언어로 정리하려면 한 문장밖에 떠오르지 않는다.

너는 죽어가고 있다.

잠시 잊을 만하면 새로운, 사실은 하나도 새롭지 않은 사건이 불거져서 다시 한번 이 느낌을 각인시켰다. 이런 상황에서 어떻게 준호와 섹스를 할 수 있겠는가? 옷을 벗고 그의 앞에서 다리를 벌리는 일, 무릎을 꿇고 그의 성기를 입에 넣는 일이 어떻게 가능하겠는가? 처음에는 섹스만이었지만 나중에는 어떤 종류의 스킨십도 견딜 수 없었다. 우리 두 사람의 침대가 정치적 토론의 장처럼 보였다. 나는 나 개인이 아니라 여성의 대표이고, 그 또한 남성의 대표였다. 집단의 역사에 대한 고려 없이 내가 천진하게 그를 애무하고 흥분하는 일은 불가능했다.

"자기와는 너무 어려웠어."

준호는 말한다. 그의 말을 들으면서 나는 묻는다.

"그 여자랑은 쉬웠어?"

"수민과는 아무것도 생각하지 않아도 되니까. 그쪽에서 되게 적극적이었거든. 누군가가 나를 욕망한다는 느낌이 새로웠고…. 또 누가 언제 나한테 이럴까 싶어서."

"그렇게 섹스가 중요했다면 나한테 말하면 되잖아. 이 문제를 대화로 풀어가면 됐잖아."

"글쎄. 내가 만지고 싶어 하거나, 나를 만져달라고 하거나, 그런 시도를 하는 게 전부 나쁜 일처럼 여겨졌어. 자기한테 해서는 안 되는 행동 같았어. 자기가 화를 낼 것 같고. 야단칠 것 같고."

"네가 무턱대고 나를 더듬는 게 아니라 함께 원하는 걸 찾아가자고 말했다면 내가 왜 화를 내겠어."

"그냥 그때는 그렇게 생각했어."

2019년 7월에 내가 준호에게 보낸 문자 메시지.

"자기, 출근 잘했어요? 무거운 기분으로 보내서 나도 맘이 무겁네요. 어쩌면 별것 아닌 일이기도 한데 자꾸 같은 패턴으로 갈등이 생기네요. 나는 자기가 서운

한 지점도 잘 이해해요. 나 역시 스킨십을 했는데 자기가 불쾌해한다면 서운할 것 같아. 하지만 내 입장도 자기가 좀 생각해 줬으면 하는데. 나는 자기가 싫은 게 아니라 느닷없는 스킨십 때문에 존중받지 못하는 기분이 들고, 가끔은 물건이 된 것 같거든. 남자로 살아온 자기는 아마 정말 이해하기 힘들 것 같은 느낌이라서 그 거리가 속상하기도 하고…. 어찌 됐건 자기도 나도 우리 사이에 이런 기분이 존재하지 않길 바랄 거예요. 그러려면 내가 불쾌함을 표했을 때 자기가 '나를 거부하는구나'가 아니라 '이 사람은 이런 행동을 싫어하는구나'라고 받아들여야 행복한 관계를 만들어갈 수 있다고 생각해요.

곰곰이 생각해보니 포인트는 스킨십 수위도 아니고 옷 속에 손이 들어오고 말고도 아닌 것 같아. 핵심은 자기 쪽에선 '자연스러운' 스킨십이 나에겐 '기습하는' 느낌으로 다가온다는 것. 이건 내가 자기를 얼마나 좋아하는지와는 상관없어요.

요새 난 사실 한국에서 자라온 이성애자는 여자든 남자든 '동의'라는 개념을 제대로 배우지 못했다고 생각해. 매번 말을 해야 동의인지 아니면 다른 방법이 있는지 나도 모르겠네요. 이런 얘기도 난 자기랑 같이 고민해 보고 싶은데.

'나에게 이런 행동을 하는 건 싫다'라고 말했을 때 상대방이 비난하고 실망하고 화를 내는 건 나에게 또 다른 상처가 된답니다…."

어떤 답장이 왔는지는 남아 있지 않지만, 아마 그는 알겠다고 대답했을 것이다. 우리는 적당히 화해하고 이 이야기를 넘겼을 것이다. 나는 우리 사이에 남은 앙금을 바라보면서, 이것을 놔두기만 하면 사라지는지, 아니면 적극적으로 휘저어 봐야 할지 고민했을 것이다. 모든 것을 여자와 남자의 권력 구도로만 해석하는 일은 나의 삶을 불행하게 만드는 지름길인지 묻고 또 물으면서.

섹스를 해야 하는 건가. 하지 않아도 되는 건가. 내 성적자기결정권과 독점적 파트너 관계의 의무 중에 무엇을 택해야 하는 건가. 이 두 가지가 충돌하지 않고 조화를 이룰 수는 없는 걸까. 나는 내 성적자기결정권이 침해받는 것도 불쾌했고, 동시에 상대의 성적 자유를 침범하는 것도 불안했다. 어떤 것을 택해도 옳은 답이 아니라는 죄책감이 뒤따랐다.

이미 그 시기에 준호는 수민과 성적인 관계를 이어가고 있었다. 그 사실을 알았다면 나는 질문을 멈췄을까? 그의 앞에서는 "대화로 풀어가면 됐잖아"라고 쉽게 말했지만, 아마 관계의 새로운 문법을 찾아가는 일은 지난한 과정이었을 것이다. 대신 그는 몰래 다른 파트너를 만든다는, 사회문화적으로 유구하고 손쉬운 전통을 택했다. 보수적인 선택이었다. 가족 안에서든 부부 사이에든 대화만큼 급진적인 선택은 없는 것이다.

'아내가 잠자리 안 하면 남편은 딴 여자 찾는다'라는 사회의 풍문은 적어도 내 삶에선 진실로 증명되었다. 이렇게 삶이 진부해진 김에 더 진부해질 심산으로, 나는 호텔 침대에 누워서 준호에게 말한다.

"그 여자한테 했던 거랑 똑같이 해 봐."

준호가 나를 더듬기 시작한다. 흥분될 줄 알았는데 생각보다 그렇지 않아서 실망스럽다. 나는 또 말한다.

"자기가 하고 싶었던 거 다 해 봐. 오늘이 마지막이니까."

그가 나를 힘껏 누르고 움켜쥐었으면 하고 바란다. 강압적으로 무릎을 꿇게 하고 자신의 소유물처럼, 장난

감처럼 나를 대하길 바란다. 단 한순간이라도 내가 자의식을 놓을 수 있길 바란다. 생각하고 판단하는 존재가 아니기를 바란다. 물렁물렁하고 출렁출렁하고 강렬한 냄새를 풍기는 무언가가 되고 싶다. 그러나 준호는 여전히 조심스럽게 내 몸에 입을 맞출 뿐이다.

"나를 막 다뤄도 돼. 힘으로…."

그는 고개를 저으며 점잖게 대답한다.

"어떻게 그런 일을."

그가 내 다리를 벌리고 성기에 혀를 댄다. 부드럽고 재미있는 감각이다. 오직 이 감각만을 알고 싶다. 내 세계 전부가 이 쾌감으로 채워졌으면. 엄마가 불러주는 자장가에 빠져드는 어린아이처럼 그가 주는 쾌감에만 매달릴 수 있다면.

*

처음 준호에게 수민과 외도를 했다는 이야기를 들었을 때 나는 두 사람이 어떤 행위를 했는지 상상하길 멈출 수 없었다. 차에서 나누었던 키스. 출장지에서 방으로 초대해서 했던 애무. 내가 친구를 만나러 1박 2일로 여행을 갔던 날, 두 사람이 모텔에서 만나서 했던 모든 행위들. 그의 입에서 나온 이야기와 내가 꾸며낸 이미지가 제멋대로 뒤섞였다.

그들의 성행위를 상상하면 오랫동안 잠들어 있던 감각이 깨어나는 것 같았다. 질투나 분노가 아니라 관능이 나를 사로잡았다. 이 관능은 그들 사이에 존재했을 욕망의 열기인가? 아니면 무성적인 존재 같았던 준호가 성적인 존재라는 사실을 새삼스레 발견했기 때문에 흥미가 동하는 걸까?

가능하다면 구석에서 맥주라도 한잔하면서 그들의 섹스 장면을 응시하고 싶었다. 너희들이 하고 싶은 대로 해 봐. 하찮고 더러운 인간들. 경멸을 억누르면서 맥주를 홀짝이고 싶었다. 어쩌면 수민의 뺨을 때리고 싶은 것인지도 몰랐다. 그렇게 준호의 성기를 만지고 싶었니. 너를 사랑하지 않는다는 걸 알면서도 자존심도 없이 옷을 벗고 싶었니. 뒷일은 생각도 못 할 정도로 머리가 텅 비어서 짐승처럼 섹스 생각밖에 없었니.

준호: 이건 믿어줘. 나는 늘 자기를 내 인생에서 제일 중요한 사람이라고 생각했어. 수민도 내가 연인으로서

는 아무 감정이 없다는 걸 알고 있었어.

나: 그런데도 너와 그렇게 하고 싶어 했단 말이야?

준호: 응, 그 사람이 너무 원했어. 자신이 이렇게 다가가는데 내가 호응해 주지 않으면 수치스럽다고….

나: 옛날 같으면 첩이라도 됐겠네.

준호: 정말 그랬을 것 같아.

나는 수민의 옷을 다 벗겨서 준호의 방으로 밀어 넣는 상상을 한다. 수민의 성기에 준호의 성기가 들어 있는 모습을 보고 싶다. 수민의 몸이 기쁨에 떨리는 모습을 보고 싶다. 이 장면에서 내가 이입하는 것이 준호인지 수민인지 모르겠다. 내가 그 여자가 되고 싶은 건지, 준호가 나에게 없는 남성기의 현현인지. 혹은 이 장면이 성적으로 흥분된다는 생각 자체가, 기만당한 아내가 화병으로 쓰러지지 않으려는 방어 의식에서 나오는 건지. 아니면 준호와 나 둘로 이루어진 관계의 그물에서 벗어나는 자유에 매혹되는 건지.

수민을 떠올리면 아쉬운 기분마저 든다. 네가 조금만 더 아름다웠다면. 네가 조금만 더 내 마음에 드는 구석이 있었다면. 내 시선을 사로잡았다면. 그리고 내가 나 자신이 아니었다면.

나는 네 긴 머리카락을 아프게 잡아당겼을 거야. 옷을 다 벗기고 너를 마음대로 다뤘을 거야. 내 발밑에 엎드려서 쾌감을 구걸하게 했을 거야.

준호가 사정한 다음에도 나는 흥분이 가라앉지 않는다.

"오늘 더 하고 싶은 거 없어?"

그는 잠시 생각에 잠기다가 텔레비전 리모컨을 잡으며 "다큐멘터리 볼까?"라고 말한다. 예전에 제주도의 숙소에 묵을 때, 나란히 침대에 누워서 메뚜기와 무당벌레가 나오는 다큐멘터리를 봤던 적이 있다. 그는 그걸 다시 하고 싶다고 이야기한다.

"그때 좋았거든."

나는 희미하게 미소 짓는 준호를 보다가 따라 웃는다.

"같이 씻을까? 늘 그러고 싶어 했잖아."

"정말?"

준호는 얼떨떨한 표정으로 따라온다. 나는 욕조에 들어가서 샤워기를 튼다. 내 몸에 먼저 물을 대서 따뜻한 온도를 맞추고, 그의 몸을 향해 샤워기를 가져간다. 물살이 그의 상반신을 타고 흘러내린다. 준호가 갑자기 주저앉으며 흐느낀다.

"내가 바란 것은 이것뿐이었는데… 정말 이것뿐이었는데…"

그의 얼굴이 우그러지고 울음소리가 물소리에 뒤섞인다. 잠자코 그를 바라보며 우리가 토마토 같다고 생각한다. 둔탁한 칼날에 으깨져서 붉고 푸른 즙을 흘리는 토마토 같다고.

너와 내가 함께 살 수도 있었을 세상을 상상해 봐.

공중화장실에 불법 촬영 카메라가 존재한 적이 없는 사회였다면.

여자가 강간당하는 모습을 보려고 남자가 돈을 내지 않는 사회였다면.

여자가 여자라는 이유만으로 범죄의 대상이 되지 않는 사회였다면.

남자가 여자의 어깨를 감싸고 걷는 모습이 이성애 관계의 자연스러운 그림으로 주어져 있지 않은 사회였다면.

네가 나와 동일한 크기와 강도로 임신을 걱정했다

면. 임신이라는 사건이 네 몸에서도 일어날 수 있는 일이었다면.

네 몸에 내 성기를 삽입할 수 있었다면. 혹은 삽입 섹스를 둘러싸고 펼쳐진 지배와 피지배, 가학과 피학의 문화적 장 때문에 미칠 것 같다는 기분을 네가 한 번이라도, 단 한 번이라도 느꼈다면.

'낮에는 현모양처, 밤에는 요부' 같은 말이 존재하지 않는 곳이었다면.

'잠자리를 만족스럽게 해주면 다음 날 마누라가 차린 밥상이 다르다'라는 말을 기혼 남성들이 낄낄거리면서 하지 않는 곳이었다면.

'아내가 잠자리 안 하면 남편이 딴 여자 찾는다'라는 말이 예언처럼, 저주처럼 떠도는 사회가 아니었다면.

이 모든 둔탁한 칼날이 존재하지 않았다면 나는 기쁘고 가볍게 너에게 안길 수 있었을 텐데.

잠들기 전에 그에게 묻는다.

"자기가 나 처음 봤을 때 좋다고 했던 거 기억나? 나한테 매혹됐던 시기가 있었잖아. 그 여자한테도 그런 감정을 느꼈어?"

준호는 아니라고 말한다. 매혹이라니, 절대 아니야.

"거짓말. 출장 가서 방으로 오라 하고 그랬잖아. 둘이 옷도 다 벗고 있고 그랬겠지."

준호는 심드렁하게 말한다.

"별로 예쁜 몸은 아니었어."

나는 잠깐 침묵하다가 말한다.

"너 그렇게 말하면 안 돼."

수민을 감싸고 싶은 생각은 추호도 없지만 이렇게 말한다. 그가 자기 앞에서 옷을 벗은 여자의 몸을 평가할 때, 나 역시 여자인 이상 그 시선에서 벗어날 수 없다는 걸 알기 때문이다. 문득 오래전에 봤던 영화에서 죄수가 교도소 담장을 넘어서 도망가던 장면이 떠오른다. 사방을 빙빙 돌며 불빛을 던지는 감시등. 수민이 불빛에 걸려드는 모습이 상상 속에서 포개어진다. 옷을 다 벗은 채 경악한 표정을 짓는 그를 보며, 암흑 속에 숨어 있던 나는 불안감에 휩싸여서 다시 또 딱딱하게 군는다.

내가 다른 남자와 섹스를 하고 준호 앞에서 똑같이 말할 수 있을까? 심드렁한 표정으로 '별로 예쁜 몸은 아니었어.'라고. 우리 사이에 존재하는 젠더 권력 차이 때문에 내가 네 옆에서 지내는 시간 동안 자주 아팠다는 사실을 알까?

아마 그는 그렇게 말하면 내 기분이 좋아질 거라고 생각했는지도 모른다. 너는 너무 예뻐. 하지만 그 여자는 별로야. 준호의 입에서 기어코 이런 말이 나오고야 만다.

"차려준 밥상 못 먹으면 남자도 아니라고…"

이제 나는 수민을 구해주고 싶다. 어둠 속으로 팔을 끌어당겨 오고 싶다. 왜 이렇게 가치 없는 사람에게 매달렸느냐고 훈계하고 싶다. 수민과 나 사이에서 준호를 치워버리고 싶다.

*

이혼 서류를 접수한 후에 다시 법원에 출석하기까지 한 달의 숙려 기간을 의무적으로 거쳐야 했다. 숙려 기간 막바지에 만났을 때 그는 말했다.

"너무 무서워."

"나도 무서워."

"무서우면 안 하면 안 돼?"

"무섭지만, 내가 원하는 거니까."

그는 내 얼굴을 보다가 고개를 떨궜다.

"이렇게 무서운 선택을 하게 해서 미안해."

그는 수없이 미안하다고 나에게 말했다. 이번만이 아니라 외도 사실이 밝혀지고 난 후에 셀 수도 없이 말했다. 나에게 준 상처를 생각하면 자신은 살 자격도 없는 사람 같다고 했다. 그에게 들려주는 것이 아니라 자신에게 들려주고 싶기에, 나는 말한다.

"자책할 필요 없어. 너는 나에게 잘못한 것뿐이지 세상에는 아무런 잘못도 저지르지 않았어. 너는 그 순간 그 사람을 만지는 걸 선택했던 것뿐이야. 나는 정말 그렇게 생각해. 사람은 어떤 상황에서든 자기가 행복한 쪽으로 손을 뻗을 권리가 있다고."

그는 내 말을 듣고 또 울었다. 이 모든 슬픔과 갈등을 일시에 해소하고 싶다는, 카타르시스를 느끼고 싶은 유혹이 불쑥 찾아왔다. 내가 '용서할게'라고 말하면 그가 얼마나 감동할까. 얼마나 행복해할까. 잘못하고 반성하고 용서하고, 다시 함께 삶을 만들어 가는 서사를 따라갈 수 있다면 얼마나 편안할까. 이런 생각을 하면서 한편으로는 그와의 삶이 나에게 주는 가치란 익숙함뿐이라는 것도 의식한다. 그저 빨랫감 같을 뿐이잖아. 네가 나에게 줄 수 있는 이야기라는 것은, 빨고 말리고 다시 빨아야 하는 옷가지 같을 뿐이잖아. 아무것도 새로울 것이 없는, 오래전부터 세상이 만들어 놓은 이야기잖아.

다시 그를 파트너로 받아들이며 사는 삶을 상상해 본다. 나는 너를 용서하려고 노력하면서 내가 나인 것을 후회하고 자책하겠지. 온갖 심리학 서적, 명상 서적, 종교 서적을 찾아보면서 너는 결코 해줄 수 없고 해주지도 않을 위로의 말을 구하겠지. 먼 훗날 갑자기 폭발해서 눈물을 흘리며 소리치는 나를 보면서 너는 말하겠지.

"아직도 그 얘기야? 그만 좀 해."

이혼 서류를 접수한 후에 배우자의 외도로 고민하는 사람들의 이야기를 인터넷에서 찾아봤다.

잠자리를 안 해서 남편이 바람났다고 자책하지 마세요. 클릭.

내 앞에서는 발기가 안 되는 남편이 왜 다른 여자

앞에서는 될까. 클릭.

외도한 배우자를 여전히 사랑하는 제가 바보인가요? 외도한 배우자에게 성욕을 느끼는 제가 이상한가요? 클릭. 클릭.

한 팟캐스트 방송에서 초대 손님이었던 여자는 단어 한 마디, 한 마디에 분노를 담아서 말했다.

"그 개새끼가 바람피운 거 알고 내가 그 새끼를 아주 죽여버리고 싶은데 또 졸라 꼴리는 거예요. 내가 그 새끼, 그 개새끼를 눕혀놓고 강간했어. 이러지 말라고 싫다고 하기에 내가 멱살을 잡고 악을 썼지. 그년 앞에서는 딱딱해지고 내 앞에서는 안 되는 이유가 뭐냐? 그렇게 내가 내 남편을 강간했어요. 아니, 내가 내 남편 따먹겠다는데 무슨 눈치 볼 거 있어?"

진행자는 차분한 목소리로 맞장구쳤다.

"그럼요. 이게 다 가정을 지키기 위해서지요."

방송을 듣다가 웃음을 터뜨렸다. 내가 그토록 진부하다고 믿었던 '정상 가족'이라는 그림이 이런 역동 위에 그려지는 것이었나. 가정이라는 게 뭐기에 인간적 품위마저도 다 내려놓고 저러나 싶었지만, 또 한편으로는 이 여성이 삶을 살아가는 기세에 감탄이 나왔다.

웨스틴조선에서의 하룻밤 이후에는 다시 준호를 만나도 조금도 성욕이 생기지 않았다. 수민과 준호의 섹스 장면을 생각해도 별 감흥이 없었다. 두 사람의 관계로 자극된 욕망은 빠르게 사라졌다. 오히려 나를 오래 사로잡은 것은 통유리창으로 보던 서울광장의 이미지였다. 비현실적으로 새파란 서울광장. 야만적인 초록색으로 가득한 웅덩이. 텅 비어 있어서 땅이라기보다 지도처럼 보이던 곳.

이혼 서류를 접수하고 얼마 후에 작업실 친구들과 술을 잔뜩 마셨다. 어느 정도 취기가 올랐을 때 나는 농담처럼 말했다.

"이제 저의 남은 한 해 목표는 관능적인 사람이 되는 거예요. 관능적인 사람이 되도록 노력할 거예요. 노출이 많은 옷도 입고 플러팅도 하고 춤도 춰 보고… 또 관능적인 사람이 되려면… 비밀을 가질 거예요."

"비밀?"

"네! 뭐든 비밀을 만들 거예요."

그때 나는 준호와 호텔에서 보낸 시간을 생각하고 있었다. 코로나 확산 시국에 외도한 남편과 호텔에 가다니. 그날 나에게 오갔던 모든 욕망이 부끄러웠다. 그러면서도 그 하루를 지워버리고 싶지는 않았다. 나는 그 시간을 오히려 전리품처럼 찬찬히 되새기길 즐겼다. 그 기억을 음미하고 있으면 조금씩 강한 존재가 되는 느낌이었다. 언젠가는 공을 굴리듯 내 욕망을 굴려볼 수 있으리라는 기대감이 들었다.

휘발유와 삼천만 원

민정이 배우자인 준호의 외도 사실을 알고 이혼 절차를 밟을 때 가장 먼저 의논한 문제는 재산분할이었다. 그는 배우자가 결혼할 때 가져온 돈을 모두 자신이 갖겠다고 말했고, 상대는 동의했다. 많다면 많고 적다면 적은 금액이었지만 민정이 노동소득으로 모아본 적이 없는 액수인 건 사실이었다. 통상적으로 유책 배우자에게서 받을 수 있는 위자료는 삼천만 원 정도가 한계인데, 민정이 받기로 한 돈은 그 액수를 훌쩍 넘는 것이었다. 그는 처음엔 나쁘지 않은 조건이라고 생각하며 만족했다.

2-3주가 지나면서 민정에게 슬그머니 다른 생각이 들었다. 그들이 살던 전셋집의 보증금은 세 사람의 돈으로 이루어져 있었다. 결혼하면서 민정이 가져온 돈, 준호가 가져온 돈, 그리고 준호의 아버지 돈.

2년 전 전세 재계약을 하던 시점에 준호의 아버지에게 육천만 원을 빌렸던 것이다. 은행의 전세자금 대출을 이용하면 이자가 더 적었지만, 단돈 얼마라도 아는 사람의 주머니로 들어가는 것이 낫다는 생각에 결정한 일이었다. 준호는 자신의 이름으로 아버지에게 차용증을 썼고 매달 법정 이자만큼의 금액을 보냈다.

민정은 이제 이 육천만 원도 갖고 싶었다. 배우자의 가족에게서 빌린 돈이므로 아무런 명분도 없었지만 그는 통보했다.

"아버지에게 빌린 돈도 못 줘. 내가 다 가질 거야. 너도 너 하고 싶은 대로 했으니까 나도 그렇게 할 거야."

"그건 힘들어. 아버지한테 뭐라고 해?"

"몰라. 네가 벌어서 갚든가 아버지를 설득해 보든가."

이혼 절차를 밟기 직전 준호는 회사를 그만뒀고 자기 앞으로 따로 모아놓은 돈도 없었다. 한마디로 이제 그는 알거지나 다름없는 신세였다. 준호는 호소했다. 아버지에게 빌린 돈은 반드시 돌려드려야 한다, 다시 일을 시작하면 매달 돈을 부치겠다, 아니면 직장인 대출을 받아서라도 주겠다…. 너무 막다른 골목으로 일을 몰아가면 안 되겠다는 생각이 민정의 머릿속을 스쳐갔다. 준호가 내놓기로 한 돈도 날아갈지 몰라. 민정은 잠깐 침묵하다가 말했다.

"그럼 반은 줄게. 빌린 돈 중 삼천만 원만 내가 가져가는 걸로 하자. 한 푼도 주고 싶지 않지만, 내가 마음 약한 거 알지?"

준호는 아버지가 가만히 있지 않을 거라며 머리카락을 쥐어뜯었다.

"꼭 이렇게까지 해야 해?"

원망이 가득한 준호의 눈을 보며 민정은 고개를 끄덕거리기만 했다.

빌린 돈을 돌려주지 않겠다는 말을 들었을 때 준호의 아버지에게서 나온 첫 반응은 이사를 떠나는 날 찾아오겠다는 것이었다. 현재 거주 중인 전셋집의 보증금을 두고 자신이 공탁 신청을 할 수도 있으며, 그러면 민정이 이사 들어갈 집의 잔금을 치르는 데 지장이 생길 것이라는 경고가 이어졌다. 준호에게서 그의 아버지가 했다는 말을 전해 듣고 민정은 소리쳤다.

"지금 나를 협박하는 거야? 이런 태도로 나오면 나 정말 한 푼도 못 줘."

"그럼 나보고 어쩌라는 거야? 내가 일이 이렇게 될 거라고 말했잖아!"

"너 똑똑히 들어. 만약 공탁이니 뭐니 하면서 네 가족들이 집 보증금 돌려받는 날 이곳에 얼굴 비치면, 정말 험한 꼴 보는 거야. 우리 모두 휘발유 뒤집어쓰고 아홉 시 뉴스에 나는 거야. 내가 지금 잃을 게 하나라도 있는 줄 알아?"

사실은 허풍이었다. 왜 잃을 게 없겠는가? 결혼관계가 해체되면서 민정에게는 그 어느 때보다 자신이 가진 것들이 소중하게 다가왔다. 준호와는 무관하게 그가 홀로 꾸려놓은 삶의 영역, 다시 말해 일과 우정 등이 민정의 삶을 지탱하고 있었다. 준호와 그의 가족이 '어디 네 맘대로 해 봐라, 끝까지 가보자'라는 식으로 나오면 결국 자신이 먼저 두 손을 들 수밖에 없다고, 민정은 소리치는 순간에도 생각하고 있었다.

준호는 말했다.

"제발 그렇게 얘기하지 마. 자기가 그렇게 험하

게 말할 때마다 내가 얼마나 상처받았는지 알기나 해?"

"너는 지금 상처받은 게 아니라 피곤할 뿐이잖아. 아버지한테 돈을 돌려줄 수 없다고 말하고, 나를 자극하지 말라고 설득하고, 이 갈등을 조율하고 풀어가야 하는 상황이 싫을 뿐이잖아."

"그래, 나는 내가 사랑하는 사람들이 서로 미워하고 싸우는 상황이 싫어. 그런 상황을 생각하면 겁나고 싫다고. 내가 얼마나 괴로울지 한 번이라도 생각해봤어?"

민정은 어깨를 으쓱했다.

몇 주 동안 준호의 어머니가 민정에게 드문드문 전화를 걸어서 돈을 돌려줬으면 한다고 조심스럽게 말했다. 민정은 그럴 수 없다고 거절했다. 준호는 휘발유 이야기가 나온 다음 날부터 열심히 은행을 돌아다니더니 제2금융권에서 천오백만 원을 빌렸다. 준호는 대출받은 돈으로 아버지 돈의 일부를 갚으며, 나머지 천오백만 원은 돈을 버는 대로 드리겠다고 읍소했다. 결과적으로 준호의 아버지는 빌려줬던 육천만 원에서 사천오백만 원을 돌려받게 된 셈이다. 민정이 아는 바로 그의 아버지에게 천오백만 원 정도는 잃으면 속은 쓰리지만 사라져도 생활에 타격이 없는 액수였다. 민정은 자신이 가지게 된 삼천만 원을 혼자 살 집을 얻는 데 보탰다.

민정이 새로 구한 집은 작지만 쾌적한 곳이다. 준호는 상당한 부채를 지게 되었지만 모든 것을 자신의 책임으로 받아들이고 있다. 아마 그는 다시 직장을 다니게 되면 차근차근 돈을 갚아나갈 것이다. 이 정도라면 모두가 그럭저럭 행복에 가까운 결말을 맞이했다고 민정은 생각했다. 비록 할리우드 영화에 나오는 마법 같은 해피 엔딩은 아닐지라도.

그러나 상황이 끝난 다음에도 그의 기분은 여전히 찜찜했다. 원하던 돈을 가지게 되었는데 무엇이 문제인가?

"우리 모두 휘발유 뒤집어쓰고 아홉 시 뉴스에 나는 거야. 내 몸에 라이터로 불붙여 버릴 거야. 이 집이고 뭐고 다 끝장인 거야."

이렇게 말하는 여자는 누구에게도 사랑받지 못할 거라는 생각 때문이었다. 역시 나는 귀엽지 않아. 여차하면 사람들에게 공갈 협박을 날리는걸. 새집의 거울 앞에서 헤어드라이어로 머리를 말릴 때 민정의 귓가에 준호의 목소리가 떠돌았다. '자기가 그렇게 험하게 말할 때마다 내가 얼마나 상처받았는지 알기나 해?' 알지, 너무 잘 알지. 사실 그때 나는 이런 말을 듣고 싶었는데.

"내가 잘못해서 착한 너에게 미움을 품게 하는구나."

"많이 속상하지? 힘들지?"

"마음이 너무 아프겠구나. 가엾게도…"

하지만 준호는 민정을 원망하면서 소리치기 바빴고, 그 원망은 민정을 길길이 날뛰게 하는 연료와 다름없었다.

"내가 농담하는 줄 알아? 내가 못 할 줄 아냐고!"

거울 속에 머리카락이 마구 흐트러진 여자가 서 있었다. 어쩌면 이 여자는 세 치 혀 때문에 남편의 애정을 잃었을지 모른다. 사나운 말버릇 때문에 소중한 관계를 망가뜨렸는지 모른다. 하지만 부드럽게 말하면 아무도 이 여자가 원하는 것에 귀를 기울이지 않았다.

자신이 원하는 바를 말하고 얻어내는 것과, 사랑

스러운 존재가 되는 것. 이 두 가지는 항상 양자택일의 문제일까? 민정의 인생에선 대부분 그랬다. 민정은 앞으로도 둘 중 하나를 포기해야 하는 순간이 오면 반드시 뒤의 선택지를 불살라 버리겠다고 다짐했다. '좋은 여자'가 되려고 입을 다무는 것보다 집을 불태워 버리겠다고 협박하고 분신자살하겠다고 허풍을 떠는 것이 자존을 지키는 일이라 믿었기 때문이다. 거울 속의 이 여자가 부드럽고 온화하게 말해도 사람들이 귀를 기울일 날이 오기 전까지는.

죄책감

이혼 몇 달 후에 뮤지컬 〈펀 홈〉을 보다가 날카로운 물건에 찔리는 기분을 느꼈다. 대사와 노래도 강렬했지만, 내 마음에 잭나이프처럼 날아와서 꽂힌 것은 주인공의 아빠 '브루스'가 특정한 순간에 취하는 자세였다. 스웨터와 면바지를 입은 여윈 체형의 남자가 구부정하게 서 있는 모습. 고물 상자 속에서 마음에 드는 물건을 발견하는 순간 몸을 앞으로 기울이는 모습. 딸에게 언성을 높인 다음에 의자에 앉아서 손가락으로 미간을 문지르는 모습. 이런 모습들은 내 전 배우자인 준호가 때때로 나에게 보여주던 몸짓이었다.

이혼 절차를 마무리할 때 준호와 나는 KB손해보험 고객센터로 갔다. 계약자가 내 이름으로 되어 있던 보험을 그의 이름으로 바꾸려는 목적이었다. 평일 오후 시간의 고객센터는 조용했다. 준호가 대기표를 뽑자마자 창구에 번호가 떴다. 우리는 보험의 계약자를 변경하고, 이제까지 내 통장에서 자동이체 되던 보험료를 준호의 통장에서 이체되도록 바꿨다. 준호는 수첩을 꺼내서 보험료가 이체되는 날짜와 계좌번호를 옮겨 적었다. 나는 그가 글씨 쓰는 모습을 말없이 바라봤다.

"여기서 그림 그려도 돼요?"

내가 살던 집에 그가 들어와서 막 동거를 시작하던 무렵의 어느 날, 그는 스케치북과 색연필을 앞에 놓고 물었다. 거실에서 탁자 밑으로 다리를 쭉 뻗고 앉아 있는 그의 모습이 어쩐지 어린아이 같아서 웃음이 나왔다.

"당연하지. 뭘 그런 걸 물어봐. 자기, 귀여운 척하려고 묻는 거지?"

그때 그를 보는 내 얼굴엔 흐뭇한 미소가 가득했을 것이다. 그렇다, '그때'. 시절을 가리키는 하나의 단어에서 공감각적으로 기억이 떠오른다. 우리가 함께 살던 빌라, 거실의 나무 바닥, 지금보다 젊은 우리들의 얼굴. 나는 그림 그리거나 글씨 쓰는 준호의 모습을 좋아했다. 종이에 몸을 숙이고 있는 그를 보면 지켜주고 싶다는 생각이 들었다. 그가 아무것에도 방해받지 않고 자신의 세상을 탐험할 수 있도록 도와주고 싶었다. 어쩌면 이것은 유년 시절의 자신을 향한 마음인지도 몰랐다. 초등학교 수업이 일찍 끝나는 날, 집으로 돌아와서 스케치북에 낙서하며 시간을 보내던 오후, 혼자만의 조용한 행복. 이 시간이 끝날 수밖에 없다는 걸 알고 있었기에, 나는 늘 살짝 조바심을 내면서 스케치북을 보고 있었던 것 같다. 보험사 고객센터 창구 앞에서 수첩에 글씨를 쓰는 그의 모습을 보니 또다시 부드러운 감정이 번져나갔다. 사실 이 감정은 진짜 애정이라기보다는 습관에 가까웠다. 그를 사랑하는 마음이 어느덧 내 일상이 된 것뿐이었다.

우리는 볼 일을 마치고 건물 밖으로 나왔다. 거리에 햇빛이 찬란했다. 나는 길가의 벤치에 쓰러지듯 앉으며 입을 열었다.

"잠시만 앉았다 가."

보험사 건물 안에서 눈물을 참느라 모든 에너지를 다 써버린 것 같았다. 울지 않으려 애썼다. 준호는 내가 울면 나를 달래주는 대신 같이 울어버리는 사람이었기에 함부로 눈물을 보일 수 없었다. 감정의 파도가 밀려왔다 밀려갔다. 다정한 마음이 하나의 습관이라면, 습관을 바꾸는 건 힘들지만 얼마든지 할 수 있는 일이다. 애착을 끊는 것도 마찬가지다. 내가 다시 눈을 떴을 때 그는 울상을 짓고 있었다. 정말이지 나에게 아무런 위로도 되지 않는 표정이었다.

〈펀 홈〉에서 브루스의 두 가지 정체성, 다시 말해 성소수자인 동시에 정상 가족의 남편이라는 사실은 그의 삶에서 계속해서 불화를 일으킨다. 타인에게 한번도 온전히 수용되지 못했다는 좌절감과 자기 욕망을 드러낼 수 없다는 무력감은 결국 그를 자살로 몰아간다. 뮤지컬을 다 본 다음에도 브루스의 구부정한 자세가 오랫동안 머릿속을 떠나지 않았다. 몸짓이 정서 상태의 반영이라면, 준호는 나와 함께 살던 시간에 브루스처럼 불행했던 걸까?

공연을 보면서 마음이 아팠던 이유는 브루스의 모

습에 준호가 포개어져 보였기 때문만은 아니었다. 브루스가 이웃집에서 얻어온 고물 상자를 뒤져서 리넨 천과 은주전자를 발견하는 순간 익숙한 허기가 몰아쳤다. 두 손에 물건을 들고 몸을 기울이며 들여다보는 그 자세. 나는 이제까지 내가 준호와의 관계에서 무엇을 원했는지 깨달았다. 바로 그 모습처럼 준호가 나에게 고개를 기울이기를 바랐다. 그가 몸을 숙이고 내 얼굴을 살펴보길 바랐다. 나와 눈을 마주치며 이렇게 묻기 바랐다.

"아가야, 필요한 거 없어? 내가 뭘 해줬으면 좋겠어?"

물론 현실은 내 바람과 달랐다. 그는 집에 있을 때도 늘 자기만의 할 일이 많았다. 나는 침대에 누워서 방문 밖에 있는 그를 소리쳐 부르곤 했다.

"나 목말라. 물 좀 갖다줘. 이리 와서 발 마사지 좀 해줘. 내 머리 쓰다듬어 줘. 아니, 아니, 그렇게 하지 말고 이마에서 머리카락의 경계 지점을 가볍게 쓰다듬어 줘."

그는 잠자코 내 말에 따라 움직였다. 돌이켜 보면 내 요구가 그에게는 연인의 투정이라기보다 거역할 수 없는 명령에 가까웠던 것 같다. 어느 날 그는 내 머리카락을 가만히 쓸어 올리다가 말했다.

"자기는 참 좋겠다. 내가 이렇게 해주니까. 그런데 나는…, 누가 나를 위해주지?"

"내가 위해주잖아."

가볍게 대답하고 그가 가져온 물을 꿀꺽꿀꺽 마시는 나.

우리가 마지막으로 함께했던 1년여 동안 나는 준호에게 자주 말했다.

"자기는 예전이랑 달라졌어. 옛날엔 항상 나한테 잘해줬잖아. 그런데 이제는 나한테 짜증만 내."

그의 대답을 정리해 보자면 이렇다.

"처음 만났을 때의 자기는 내가 보호해야 하는 존재 같았어. 예민하고 병약해 보이고…. 만화 속에 나오는 소녀 같았어. 그래서 자기가 해달라는 대로 해주고 싶었어. 그런데 막상 같이 살아보니까 아니더라고. 자기는 나와 비교도 안 될 정도로 강하고 주체적인 사람이었어. 그런데 왜 내가 자기의 머리를 쓰다듬어 줘야 하지? 자기 말대로 우리가 동등하다면 내가 왜 자기 머리를 쓰다듬어 줘야 해? 자기는 페미니스트라고 하면서 왜 내가 머리를 쓰다듬어 주길 바라지?"

*

내 휴대전화에는 우리가 함께하는 시간 동안 찍은 사진이 여러 장 들어 있다. 언젠가는 이 사진을 지울 테지만 당장엔 그러고 싶지 않다. 앞으로 어떤 일이 벌어질지 알지 못하고 천진하게 웃는 우리의 얼굴을 보면 기분이 이상하다. 찍은 지 1년이 채 되지 않은 사진이라도 아득한 옛날의 장면 같다. 도대체 우리에게 무슨 일이 일어났지?

"그는 나를 사랑하지 않았다."

"그는 나를 사랑했으나 마음이 변했다."

이렇게 깔끔하게 정리하고 넘어가면 될까? 나는 이런 문장이 실제로 두 사람의 삶에서 일어난 사건과는 전혀 다르다고 생각한다. 사람들은 이별을 겪은 이들에게 흔히 말한다. 마음에 안 들어? 헤어져. 헤어졌어? 뒤돌아보지 마. '똥차 가고 벤츠 온다'라는 관용구를 들을 때면 그 거침없는 속도에 현기증이 난다. 삶의 특정한 경험은 반추와 해석의 시간 속에서만 가능하다. 돌아보지 않는다면 삶에서 무엇을 경험할 수 있겠는가? 사건의 현장에서 정보를 받아들이는 것을 체험이라고 하고, 사후적인 해석의 시간을 경험이라고 한다면, 나는 아직 그와 살았던 시간을 전부 경험하지 못했다.

아마도 이별이라는 사건은 우리가 미처 알지 못했던 사이에 시작되었을 것이다. 사람의 일에는 인과관계가 있으니까. 나는 계속 사진을 들여다보며 사건의 복선을 찾으려 애쓴다. 이 많은 이미지 중에 파국의 단서가 포착된 사진은 무엇일까?

한 사진에서 그는 침대에 누워 노란색 오리 인형을 손으로 감싸고 있다. 아주 연약하고 소중한 존재를 만질 때 나오는 조심스러운 손동작이다. 우리가 처음 연애를 시작할 무렵 나는 그에게 어린이 연극에 쓰는 손인형을 사달라고 했다. 갑자기 왜 그것이 갖고 싶었는지 모르겠다. 어린 시절처럼 소꿉놀이라도 하고 싶었던 걸까? 우리는 인터넷 쇼핑몰에서 여러 동물 모양 손 인형을 신중하게 검토하다가 오리 인형과 사자 인형을 골랐다. 이 두 인형은 우리가 연애할 때부터 결혼한 이후까지 어엿한 가족 구성원으로 대우받았다.

그가 특히 귀여워했던 것은 오리 인형이다. 나는 입이 커다란 오리 인형을 한 손에 끼고 애니메이션의 캐릭터처럼 코맹맹이 소리로 준호에게 말을 걸었다.

"내가 말이지, 오늘 놀이터에 갔는데 말이지…."

오리 인형의 입을 움직이며 아무 말이나 늘어놓으면 그는 고개를 끄덕거리며 추임새를 넣었다.

"응, 응, 그랬어요?"

마치 다 큰 어른이 어린아이와 이야기하듯이. 그가 '응, 응' 하고 맞장구치는 목소리를 듣고 있으면 가슴이 녹아내리도록 아늑한 기분이 들었다. 그는 오리 인형을 두 손으로 받쳐 안고 책꽂이에 뉘어주기도 하고 가끔 헹가래도 쳐줬다. 그 모습을 보면 하나의 가능성이 떠올랐다. 우리에게도 아이가 있으면 어떨까? 내 몸이 아픈 건 싫으니까 출산 말고 입양을 할까? 두 사람을 닮은 존재를 만들고 싶다는 생각은 없었다. 나에게는 아빠가 된 준호를 보는 것이 훨씬 중요했다. 준호의 앞에 있는 한 여자아이, 바로 그것이 내가 꿈꾸는 장면이었다. 그 여자아이는 남들은 알아들을 수 없지만 자신에겐 너무나 중요한 이야기를 끊임없이 늘어놓을 것이다. 준호는 그 여자아이에게 몸을 기울일 것이다. 그 여자아이의 눈을 들여다보며 계속 말해줄 것이다.

"응, 응, 그랬어요?"

〈펀 홈〉에서 브루스는 아름답고 완벽한 공간을 만들어야 한다는 생각에 끊임없이 집을 고친다. 오랜 세월에 걸쳐 낡은 집을 박물관 같은 저택으로 바꿔놓은 다음, 그것으로도 모자랐는지 자살하기 얼마 전에는 또 낡은 집을 한 채 사서 온종일 수리하는 일에 몰두한다. 마치 절벽에서 자기 목을 조르는 올가미를 붙잡고 간신히 버티는 사람처럼.

준호는 회사 일을 마치고 집으로 돌아오면 저녁 식사를 만들었다. 그는 매사에 서두르는 것을 좋아하지 않았다. 음식을 만들 때도 느리고 꼼꼼했다. 그가 시금치를 무치고, 가지를 볶고, 저녁을 먹은 다음에 설거지까지 하면 밤 아홉 시가 훌쩍 넘곤 했다.

"반찬 배달시키면 안 돼? 아니면 동네 반찬 가게에서 사 먹든지."

내가 여러 번 말해도 그는 거절했다. 반찬을 사 먹으면 속이 더부룩하고 피부가 나빠진다는 것이었다. 간단하게 데워 먹을 수 있는 냉동식품도 같은 이유로 싫어했다. 그가 주방에서 음식을 만드는 모습을 보면 늘 가슴이 답답했다. 청소 일도 마찬가지였다. 집을 전부 손걸레질 해야 한다는 그의 고집을 꺾고 청소기를 사는 데도 오랜 시간이 걸렸다. 내가 가사 노동을 더는 방법을 제안할 때마다 그는 날카롭게 말했다.

"내버려 둬. 도와달라고 안 할 테니 그냥 나 하고 싶은 대로 할 수 있게 내버려 두기만 해."

"…그래."

어찌 됐건 그가 청소와 요리를 맡으면 나야 편했다. 나는 저녁을 먹고 나면 거실 소파에 드러누워서 그를 바라봤다. 땀을 삘삘 흘리며 커다란 냄비와 프라이팬을 설거지하는 그의 뒷모습을 보면 화가 났다. 정말 어리석은 사람이구나. 도대체 왜 저렇게 무익한 일로 시간을 보내는 걸까? 그 시간에 나랑 같이 놀면 좋을 텐데. 나는 부글부글 끓는 마음을 애써 억눌렀다. 너무 내 기준대로 생각하면 안 돼. 사람은 다 다르잖아? 저 사람은 요리와 설거지를 하면서 스트레스를 푸는지도 모르지…. 쭉 이런 생각을 하며 지내왔기 때문에 어느 날 그가 나를 보면서 퉁명스럽게 말했을 때 깜짝 놀라고야 말았다.

"자기는 참 좋겠다. 내가 이렇게 해서."

"하지 마. 누가 시켰어?"

그는 상처받은 표정을 지었다.

"내가 늘 고맙다고 했잖아. 뭘 더 어떻게 해야 하는데?"

내 말을 듣고 그는 입을 꾹 다물었다. 그 모습을 보니 미안한 마음이 들었지만, 이런 갈등을 만드는 그에게 또 화가 났다. 나는 그와 함께 사는 동안 집안일 문제를 여러 번 협상해 보려 했다.

"그럼 저녁 설거지는 내가 할게. 자기는 요리만 해."

"아니면 청소는 내가 할게. 자기는 주방 일만 해."

내가 무슨 말을 하든 그는 앵무새처럼 되풀이했다.

"내가 일을 더 많이 하는 게 문제가 아니야. 문제는 자기가 내 수고를 알아주지 않는다는 거야."

무엇을 해야 그의 수고를 '알아주는' 행동이 되는지 도무지 알 수 없었다.

요리, 설거지, 취미로 하는 번역, 온라인 게임, 혼자 맥주 마시기. 그의 빼곡한 일정에 내가 끼어들 자리는 없었다. 저녁 설거지를 끝내고 나면 그는 허겁지겁 컴퓨터 앞으로 갔다.

준호: 너무너무 할 일이 많아. 회사 일도 너무 많고 책 번역도 해야 하고 게임도 해야 해.

나: 게임은 주말에 하면 안 돼?

준호: 내가 쉬는 시간은 이때뿐인데. 하루에 한 시간도 채 못 하는데.

나: 그럼 책 번역은 매일 꼭 해야 해? 어디랑 계약을 맺은 것도 아니고, 자기가 이 텍스트를 번역해야 하는 이유가 있는 것도 아니잖아.

준호: 나 자신과의 약속이야. 옛날에 대학 다닐 때 사람들한테 말했어. 내가 이 책 번역하겠다고. 내가 해내고 싶어.

나: 자기가 회사에서 너무 많은 업무를 맡은 것 같아. 상사나 동료들하고 얘기해서 조율해 보면 어떨까?

준호: 전부 나밖에 할 수 없는 일이야.

나: 그래…. 어쨌든 밤 열두 시 전에는 잤으면 하는데. 같이 얘기하다가 자고 싶어. 열한 시에는 들어와 줘.

준호: 정말 내 마음대로 할 수 있는 일이 하나도 없군.

〈펀 홈〉에서 브루스는 갑자기 벽에 걸린 그림을 집어 던지며 아내에게 소리친다.

"할 일이 너무 많아. 왜냐하면 아무도 나를 도와주는 사람이 없으니까!"

안녕, 준호. 너도 나에게 그렇게 말하고 싶었니? 준호 역시 브루스처럼 스스로 부여한 의무 속에서 허우적거리다가 느닷없이 분통을 터뜨리곤 했다. 성적인 비밀을 가진 사람은 모두 히스테릭한 상태에 빠지게 되는 걸까? 〈펀 홈〉의 브루스는 게이였고, 준호는 외도하는 남편이라는 점에서 달랐지만, 그들은 모두 스스로 인정할 수 없는 욕망을 품고 사느라 자신이 '희생자'라는 착각에 빠졌다.

나를 내버려 두라는 그의 말을 들을 때마다 겁에 질렸다. 우리가 함께 살기 시작하던 무렵에 나는 파트타임 일을 하고, 그는 회사에 다녔다. 그때는 내가 일하는 시간도, 버는 돈도 적었기 때문에 집안일을 도맡아 하는 것이 당연하다 생각했다. 그때도 함께 저녁을 먹고 나면 그는 컴퓨터 앞으로 갔다. 나는 설거지를 마치고 주방에 서서 열린 방문 너머 그의 모습을 바라봤다.

내가 지금 이 사람에게 게임을 하지 말고 나와 함께 시간을 보내자고 하면 얼마나 진부한 상황이 벌어지는 걸까? 온라인에선 남편이 게임하지 못하도록 닦달하고, 심지어 게임 기기를 물이 가득한 욕조에 던져버리는 '무서운 아내'에 대한 이야기를 흔히 접할 수 있었다. 이런 글을 본 사람들은 '남자가 오죽 게임만 했으면 여자가 저럴까' 하면서 아내를 동정하기도 했지만, 나는 누가 잘했고 잘못했나 상관없이 이런 구도에 서게 되는 것 자체가 두려웠다. 남자의 자유를 억압하는 여자. 남자의 취미 생활을 이해하지 못하고 그저 자기만 봐달라고 애정을 갈구하는 여자. 나는 이 뻔한 아내상에 내가 들어맞는다는 것을 받아들일 수 없었다.

마우스를 클릭하는 그를 보고 있으니 초라한 기분이 밀려왔다. 나는 오랫동안 망설이다가 그에게 게임 시간을 줄여달라고 입을 뗐다. 이러한 요구를 하는 순간 시험대에 올라선 것 같은 느낌을 그는 꿈에도 모를 터였다. 연애할 때의 나는 전화 통화를 더 자주 하자는 그의 요청을 부담스러워하고, 내 개인 생활의 영역이 확실한 사람이었는데 어째서 함께 살고 나니 '게임하는 남편'과 '함께 시간을 보내길 바라는 아내'가 되는 걸까?

이후에 내가 회사에 다니면서 야근과 주말 출근을 밥 먹듯 하게 되자 가사 노동은 그의 몫이 되었다. 그가 집을 청소하고 내 도시락을 싸줄 때면 고마운 동시에 한편으로는 주눅이 들었다. 그의 가사 노동에 기대어 사는 상황이 떳떳하지 못했던 것이다. 내가 회사에서 더 오래 일하고, 돈을 더 많이 번다고 해서 동거인의 의무가 면제되지는 않을 텐데, 나는 계속 내 몫을 해내지 못하는 사람이라는 부채감에 짓눌렸다.

하지만 내가 가사 노동을 더 한다고 해서 우리가 함께하는 시간이 늘어나는 것도 아니었다. 어차피 그는 남는 시간에 게임을 할 거니까. 그럴 바에 내 몸이라도 편한 게 낫다고 생각하며, 나는 설거지하는 그의 뒤에서 소파에 몸을 파묻었다.

나는 나쁜 아내였을까? 내가 집안일을 적게 해서, 편해지는 쪽을 택해서 대가를 치르게 된 걸까? 집안일도 섹스도 하지 않는 아내는 배신당하기 마련일까? 그러나 어디까지가 동거인이자 배우자의 의무이고, 어디까지가 아내에 대한 착취인지 그 선을 구분하기가 쉽지 않았다. 무엇보다 우리의 관계에서 그 선을 고민하는 사람은 나뿐이라는 사실이 괴로웠다. 아내이자 며느리 역할을 거부하면서 배우자로서의 사랑을 요구해서는 안 되는 건가? 페미니스트라고 하면서 사랑하는 남자에게 아기처럼 귀여움 받기를 원해서는 안 되는 건가? 이런 욕망은 내가 지향하는 삶과 배치되는 건가? 나는 온갖 고민에 휩싸여 있었던 반면 그는 나에게 해주는 모든 일에 자부심을 느꼈다. 목마를 때 물을 가져다 주는 것, 머리를 쓰다듬어 주는 것, 발을 주물러 주는 것, 한마디로 둘의 관계에서 '을'의 위치에 있는 헌신적인 남편이라는 것.

명절에 내 본가에서 설거지하고 전을 부치는 준호를 보면서 어머니와 친척들은 말했다.

"세상에 이런 남자는 둘도 없다. 다정하고 여자 말도 잘 듣고, 집안일도 잘하고…."

집에 놀러 온 내 친구들은 다소곳이 사과를 깎아서 내오는 그를 보며 호들갑스럽게 칭찬했다.

"남편이 어쩜 이렇게 과일도 예쁘게 깎아 오니. 내 남편은 이런 거 하나도 못 하는데 넌 좋겠다."

그가 나와 함께 여성단체 시위에 참석하면 기자들이 멘트를 따려 하고, 페미니즘 강연을 들으면 강연자가 '청일점'인 그에게 한마디를 청했다. 남자가 페미니즘에 관심을 가지다니! 아내와 함께 페미니즘 공부를 하다니! 나와 함께 있는 그에게는 애정을 담뿍 담은 눈길이 쏟아졌다. 무엇을 해도 기준에 맞지 않는 나와 사정이 달랐다.

내가 남편보다 집안일을 많이 한다고 '세상에 둘도 없는 아내'라고 칭송 들을 일은 없을 것이다. 페미니즘에 관심도 가지면서 남편에게 물도 떠다주고 발도 주물러 줬다면 자기모순에 질식했을 것이다. 문제는 이것이다. 그는 보편적/가부장적 남편의 역할에서 조금만 벗어나면 '세상에 둘도 없는 남편'으로 칭찬받았고, 그 역할에 충실하면 이해받았다. 아내인 나로 말할 것 같으면 아내다운 아내가 되든, 아내답지 못한 아내가 되든 자신을 혐오하지 않기 어려웠다. 부당해. 불공평해. 화가 나. 이런 생각이 들 때면 한편으로는 사회적인 분노를 준호라는 개인에게 모조리 투사하는 걸까 봐 또다시 죄책감이 뒤따랐다. 내가 줄 위에서 균형을 잡느라 비틀거리며 발을 뗄 때 그는 무엇을 했던가?

"내가 얼마나 자기한테 잘해주는지 기억해야 해."

그는 나에게 물이 담긴 컵을 내밀며 당당하게 말했다.

*

이혼 서류를 접수한 다음 나는 준호에게 부부 상담을 받자고 제안했다. 관계를 개선하고 싶다기보다는 나에게 일어난 일을 납득하고 싶었기 때문이다. 이 상황을 하나의 이야기로 정리하지 않으면 언제까지나 충격에서 헤어나올 수 없을 것 같았다. 몇 가지 의문도 있었다. 혹시 내가 너무 성급하게 이혼하기로 한 건가? 기분 내키는 대로 했다가 후회하는 건 아닐까? 우리의 관계에서 내가 미처 생각하지 못한 지점이 있는 걸까?

결론부터 이야기하자면 부부 상담을 받으면서 이혼하기로 한 결심이 단단히 굳어졌다. 매회 80분의 상담 시간 동안 그는 물 만난 물고기처럼 나와의 결혼 생활에 대한 불만을 쏟아놓았다. 나는 대부분 듣고만 있었다. 내가 알고 싶은 건 두 가지뿐이었기에 그의 말을 반박하느라 시간을 쓰고 싶지 않았다. 그는 왜 나를 속이며 수민과 육체적 관계를 맺어왔는가? 그는 나와 함께 사는 시간 동안 무엇을 생각하고 무엇을 느꼈는가?

준호: (상담사를 보며) 집안일 한다고 얼마나 힘들었는지 몰라요. 어떨 때는 설거지하다가 현기증이 나더라고요.

나: 놔두면 내가 했을 텐데….

준호: 그런 문제가 아니잖아. (다시 상담사를 보며) 전에 출근하기 전에 아침을 먹으려고 하는데 깨끗한 밥숟가락이 하나도 없더라고요. 이 사람은 나를 조금도 생각하지 않는구나 싶었죠. 나를 조금도 배려하지 않는구나. 저는 이 사람이 힘들 걸 생각해서 음식도 하고 청소도 하는데 밥숟가락 하나 안 씻어놓는구나.

상담사: 이런 얘기를 들으면 민정 씨는 어떤 생각이 들어요?

나: 어처구니없네요. 외도하다가 이혼까지 하게 된 상황에서 이 사람이 하는 얘기는 고작 밥숟가락이라는 게.

준호: 봐봐, 항상 이런 식이에요. 제 생각을 솔직하게 얘기하면 화를 내거나 하찮다고 무시해요.

때때로 그는 이야기하다가 눈을 감고 얼굴을 찡그리며 손으로 미간을 짚었다. 그의 얼굴 피부가 하나의 소실점을 향해 우그러졌다. 누가 그의 미간에 낚싯바늘을 꿰어서 잡아당기는 것처럼. 우리가 싸울 때도 그는 종종 이런 모습으로 몸을 웅크리곤 했다. 상담실 소파에서 얼굴을 찡그리는 그를 보며 나는 생각했다. 낚싯대를 잡아당기는 사람이 나인가? 나는 언제나 그를 자유롭게 살도록 해주고 싶었는데, 정작 그는 옴짝달싹하지 못하는 물고기 같은 기분으로 나와 함께 있었던 걸까?

우리가 헤어지기 1년 전부터 비슷한 싸움이 반복됐다. 외출이라든지 여행처럼 둘이 함께할 일정을 내가 세우면, 그가 기대만큼 흔쾌히 따라주지 않아서 싸움이 시작되는 식이었다. 작년 주말에 준호와 함께 여성영화제에 가려고 집을 나섰던 길. 그날 영화를 두 편이나 예매해 뒀다. 나는 모처럼 함께하는 외출에 들떠서 떠들었다.

"영화가 되게 좋대. 매진될까 봐 예매 사이트 열리자마자 클릭해서 성공했어. 영화 사이에 한 시간쯤 시간이 비는데 우리 홈플러스에서 밥 먹을까? 영화 다 보고 오면 저녁이겠네."

내 말을 들은 그는 무심코 중얼거렸다.

"벌써 피곤해진다."

나는 길 중간에서 걸음을 멈췄다.

"가지 마. 피곤하면 집에 있어. 집에서 혼자 게임이나 해."

그는 왜 별것도 아닌 말에 날카롭게 반응하냐고 했고, 우리의 대화는 이내 싸움으로 변했다. 그는 소리쳤다.

"내가 영화 보기 싫다고 했어? 요새 회사에서 일 많은 거 알잖아! 그래서 그냥 피곤하다고 말했을 뿐이잖아. 그런 말도 못 해?"

"나 때문에 회사 다니니? 나 없으면 회사 안 다닐 거야?"

"그럼 내가 누구를 위해서 회사 다니는데?"

"누가 보면 억대 연봉이라도 받는 줄 알겠네. 내가 너보다 월급 더 많이 받을 때 생색낸 적 있니? 내가 집에서 노니? 이번 달에 내가 얼마를 벌었는지 액수나 아니?"

"내가 그걸 어떻게 알아. 돈 관리는 자기가 다 하잖아."

우리는 목소리를 높이다가 침묵했다. 나는 영화관 앞까지 갔다가 몸을 돌렸다. 그는 상영관으로 들어갔고, 나는 집으로 돌아갔다. 미안하다는 그의 문자가 왔지만 나는 발걸음을 돌리지 않았다.

이 다툼 이후 나는 그와 함께 가려고 했던 음악회 티켓을 두 번이나 취소했다. 어딘가에 가자. 무엇을 보자. 주말의 계획이 자꾸 어그러졌다. 이탈리아 여행을 앞두고 둘 사이에 다시 싸움이 벌어졌을 때 나는 물었다.

"네가 가고 싶지 않다면 비행기표 취소할게. 나랑 같이 여행 가고 싶어? 이탈리아에 가고 싶어?"

"가면 가는 거고…. 그렇다고 반드시 가고 싶다는 건 아니고…."

"그래. 그럼 취소할게. 가도 좋고 안 가도 그만이라면 돈 써 가면서 굳이 갈 필요 없지."

"자기는 가고 싶어?"

"응. 그런데 여행에 심드렁한 사람과는 가고 싶지

않아.”

“자기가 가고 싶다면 가는 거지.”

“아니. 나는 네 의견을 묻고 있잖아. 네가 진심으로 가고 싶다고 생각하지 않으면 취소하는 거야.”

나는 비행기표 예매 사이트에 들어갔다. 출발하기까지 기한이 남아서 수수료 없이 취소할 수 있었다. 그는 내가 마우스를 클릭하려 하자 내 팔을 붙잡았다.

“가고 싶어. 나 가고 싶어. 가고 싶어.”

마치 인정하고 싶지 않았던 욕망을 실토하는 것처럼 그는 고통스러운 표정으로 말했다. 나는 그가 무엇 때문에 이렇게 괴로워하는 건지 이해할 수 없었다. 나중에 안 사실이지만 그때 그는 한창 수민과 관계를 이어가고 있었다. 그의 입장에서는 ‘끌려다니고 있었다’라고 말하고 싶겠지만. 아마 그 시기 즈음엔 외도 관계가 주는 즐거움은 점점 줄어들고, 나를 속이는 상황의 두려움은 나날이 커졌을 것이다. 그리고 그는 이 모든 상황이 자신의 선택과는 무관하며, 자신이 의도하지 않게 덫에 걸렸다고 믿었을 것이다. 나는 그를 보며 말했다.

“똑똑히 기억해. 너는 네가 원해서 여행 가는 거야.

네가 하고 싶은 걸 하는 거야. 여행 가는 것도 마찬가지고 회사 다니는 것도 그래. 여행이든 직장 생활이든 결혼 생활이든, 네가 하고 싶지 않다면 당장에 다 그만둬도 난 상관없어. 너는 내 뜻에 맞춰서 사는 게 아니라 네가 선택해서 네 삶을 만들어가는 거야. 왜 그걸 인정 못 해?"

"이상하게 그렇게 생각이 안 돼…."

울먹이는 그를 보니 한숨이 나왔다. 나는 물었다.

"내가 자기한테 나쁘게 행동해? 우리 두 사람의 생활이 너무 내 위주로 굴러가는 거야?"

그는 모르겠다며 고개를 젓기만 했다.

그날 싸움 끝에 나는 제안했다. 카드에 '나는 ( )을/를 원한다.'는 문장을 열 개만 써달라고, 다 쓴 다음에 서로의 카드를 바꿔서 읽어보자고. 기억을 더듬어 보자면 그는 이런 문장을 썼다.

"나는 내가 자고 싶은 시간에 방에 들어가기를 원한다. 나에게 일찍 들어오라 하지 않았으면 좋겠다."

"나는 게임하는 시간을 내가 결정하기를 원한다."

"나는 밤늦은 시간이라도 내가 요리하고 싶을 때

요리하기를 원한다."

"나는 주말을 어떻게 보낼지 내가 정하기를 원한다."

열 가지 문장은 모두 비슷한 이야기였다. 자신의 삶을 침해하지 말라는, 나를 혼자 내버려 두라는 메시지. 카드를 읽었을 때 충격받았다. 처음으로 그가 나를 미워한다는 생각이 들었다. 너는 그간 어떤 시선으로 나를 보고 있었던 걸까? 그가 물을 가져다주고, 발을 주물러주고 뒤돌아서서 지었을 표정을 생각하니 더럭 겁이 났다. 내가 얼굴을 찌푸리자 준호는 구슬프게 말했다.

"솔직하게 내 생각을 말하면 늘 자기는 기분이 나빠져."

그는 내가 쓴 카드를 대강 훑어보고, 편지를 모아두는 상자에 넣었다. 밤이 됐을 때 나는 혼자 거실 의자에 앉아서 우리가 쓴 카드를 다시 읽었다. 내가 쓴 카드엔 이런 말이 적혀 있었다.

"나는 우리가 이야기하는 시간을 더 많이 가지기를 원한다. 준호가 나와 이야기하는 걸 좋아하기 바란다."

"나는 가볍고 밝게 살기를 원한다."

"나는 죄책감에 시달리지 않기를 원한다. 돈을 적

게 버는 것, 일을 많이 하는 것, 가사 노동을 적게 하는 것…."

갑자기 울음이 터지면서, 이런 상황이 익숙하다는 느낌이 들었다. 사랑받지 못하는 자신이 가여워서 눈물을 흘리는 일. 나는 이렇게 자신을 연민하게 되는 상황이 지긋지긋했다.

*

이혼한 다음 준호가 나오는 꿈을 자주 꿨다. 어느 날 꿈속에서 그는 무수한 계단으로 이루어진 산 중턱에 서서 나를 돌아보고 있었다. 나는 멀찍이 떨어져서 그를 올려다봤다. 계단 한편에 노숙인이 머물고 간 흔적처럼 녹슨 깡통과 넝마가 굴러다녔다. 나는 고개를 들고 손짓했다.

"얼른 가, 얼른 가."

그는 어쩔 줄 모르겠다는 듯이 엉거주춤 서 있기만 했다. 나에게 너무나 익숙한 표정인, 울먹이는 아이 같은 얼굴로.

"얼른 가. 얼른 가."

나는 같은 말을 반복하다가 깨어났다. 꿈속에서 그에게 말할 때 내 마음은 안쓰러움으로 가득했다. 그가 잘 살 수 있을지 걱정됐고, 한편으로는 그의 무력한 모습이 어린 시절의 나 같았기 때문이다. 잠에서 깨어난 후에도 꿈속에서 느낀 감정의 여운이 고스란히 남아 있었다. 누군가가 나를 밟고 지나가서 몸이 욱신거리는 것처럼.

이혼 절차를 밟는 내내 내 머릿속엔 손에 인형을 꼭 쥐고 울고 있는 어린 여자아이의 모습이 떠나지 않았다. 울고 있는 아이가 나였고, 그 인형을 빼앗으려는 사람이 또한 나였다. 나는 어린아이 앞으로 뚜벅뚜벅 걸어가서 단호한 표정으로 손을 내민다. 그 인형은 너에게 해로워. 네 기분을 엉망진창으로 만들고, 너에게 주어진 소중한 시간을 낭비하게 하지. 너를 기만하고 모욕했어. 이제 그만 내다 버리자. 이리 내놔. 이 말을 들은 철없는 어린애가 엉엉 운다.

"그래도 정들었단 말이에요. 내가 좋아했던 인형이란 말이에요. 가져가지 마세요."

이리 내놔. 너는 훨씬 더 좋은 것을 가지게 될 거야.

"하지만 나에게는 이 모양과 냄새가 익숙한데요."

인형을 빼앗으려는 내 모습과 엄마의 얼굴이 포개어지기도 했다. 항상 주변 사람들을 다그치던 성실한 여자. 소름 끼칠 정도로 단호한 여자. 내가 준호에게 엄마처럼 행동한 것 같아서 자신이 미웠다. 내가 다 망쳐버렸어. 나는 다정하고 관대하고 타인을 편하게 해주는 사람이 아니었어. 느슨하지도 부드럽지도 않았어. 지금도 단칼에 이혼 서류를 접수하고, 준호를 내 삶에서 떼어내는 일을 다 처리하고, 내가 아끼는 걸 다 내버리려고 하잖아.

그 인형 이리 내놔. 집어던져 버릴 거야.

"나는 당신이 미워요."

왜 내가 미워? 나는 너를 아껴주고 싶은데. 너를 소중하게 생각해서 이런 결정을 한 건데.

"하지만 당신은 나를 너무 슬프고 아프게 하는 걸요…."

유년의 나와 준호가 함께 서서 나를 비난하는 이미지가 머릿속에 선명하게 떠올랐다. 당신은 우리를 편안하게 해주지 않아. 돌봐주지 않아. 관대하지 않아. 가까운 사람들을 간섭하고 못살게 굴어. 무서운 엄마, 지겨운 마누라. 당신 앞에서 우리는 항상 '잘못된 존재'가 돼. 뭘 잘못했는지 눈치를 보게 돼. 당신의 옆자리를 견뎌낼 수 있는 사람은 아무도 없어.

*

준호는 부부 상담을 받을 때 나와의 관계에서 얼마나 상처 받았는지 여러 번 되풀이했다.

"이 사람한테 공감받는 느낌이 없었어요. 예를 들어서 제가 회사 일 때문에 힘들다고 말하면 이 사람은 듣기 싫어했어요. 뭘 바라고 자기한테 계속 이런 얘기를 하는지 모르겠다고. 제가 내 말이 맞다 해주고, 내 편을 들어주고, 저를 케어해 줬으면 좋겠다고 하니까 그러더라고요. '내가 제일 못하는 걸 바라는구나.' 그 말을 듣고 절망했어요. 역시 이렇구나. 이 사람한테는 공감을 바랄 수 없는 거구나…."

언젠가부터 준호는 나에게서 정서적 지지를 받지 못한다는 원망에 사로잡혀 살았던 것 같았다. 일전에 지하철에서 앞에 서 있는 할아버지에게 자리를 양보하는 게 어떻냐고 권했을 때 발끈 화내던 그의 모습이 떠올랐다.

“왜 자기는 나를 배려해 주지 않아? 왜 나보다 저 할아버지를 신경 써? 노인은 교통 약자라고? 그렇게 교통 약자를 배려하고 싶으면 자기가 일어나지 왜 나보고 일어나라고 그래? 자기 입으로 남자와 여자가 동등하다며?”

그는 하얗게 질린 얼굴로 소리쳤다.

“항상 내가 다 해야 해! 나보고 다 하라 그래! 나를 신경 써주는 사람은 아무도 없어.”

우리는 집에 돌아와서까지 한동안 목소리를 높였다. 그는 계속해서 부들부들 떨며 화냈다. 나는 눈을 질끈 감고 다가가서 그를 껴안았다.

“나는 네 편이야.”

그의 입에서 울음소리가 터져 나왔다. 그의 원망이 바늘처럼 내 가슴을 찌르는 느낌이 들었다. 너는 나에게 무엇을 기대하는 걸까? 자신의 엄마가 되어주길 바라는 걸까? 어느 정도는 서로의 가짜 부모가 되어주지 않으면 이성애 관계는 유지될 수 없는 걸까? 아니면 ‘아내’라는 존재는 남편이 삶에서 느끼는 모든 욕구 불만을 투사하는 캔버스인가?

나는 상담사 앞에서 그에게 물었다.

"수민은 당신을 돌봐줬어?"

준호는 고개를 저었다.

"아니, 그 반대였지."

그는 여러모로 힘든 상황에 처해 있었던 수민을 도와주고 싶었을 뿐이라며, 이 외도는 시작부터 끝까지 수민이 원해서 이루어진 것이라고 강조했다.

"출장 가서 자기가 수민을 숙소로 불렀잖아. 수민이 먼저 오겠다고 했어?"

"아니. 그렇다고 내가 오라고 한 건 아니고, 오고 싶으면 오든지… 이렇게 말했을 뿐이야."

"내가 창원에 친구 만나러 간 날, 둘이 모텔에서 만나 성관계를 가진 날 말이야. 그때 누가 먼저 전화했어?"

"… 나."

"그래. 자기가 전화해서 자기가 약속 잡은 거잖아. 다 자기가 결정한 일이야. 그런데 왜 모든 게 수민 탓이라고 해?"

"그때는 그럴 수밖에 없다고 생각했어. 지금 생각하면 어리석지만, 빨리 그 사람이 원하는 대로 해줘야

관계가 끝날 거라고…"

이제는 내가 상담사에게 준호처럼 말했다.

"이 사람은 늘 이런 식이에요."

여덟 번의 부부 상담을 마치고 나오던 길, 나는 그에게 물었다.

"우리 이제 금방 헤어질 텐데, 계속 밥숟가락 얘기를 하고 싶어?"

"미안. 지금이 아니면 말할 수 없을 것 같아서."

멍하니 중얼거리는 얼굴을 보니 더는 미운 마음도 들지 않았다. 나는 우리가 헤어지는 것을 그가 계속 원했으리라 확신했다. 그가 아무리 외도를 후회한다고 말하면서 나를 붙잡아도, 상실감 앞에서의 일시적인 기분일 뿐 그가 정말 바라는 것은 아니라고. 우리는 지하철역까지 나란히 걸었다.

"나랑 함께 살 때 많이 힘들었어?"

"모르겠어. 그때는 그냥 막다른 길에 있는 것 같았어."

"이제는 만족해? 자유롭게 됐잖아."

"너무 자유로워서 문제야. 텅 빈 벌판에 서 있는 것

같아."

우리가 함께했던 시간을 돌이켜 봤다. 준호가 미성숙한 인간이었다면 나도 마찬가지였다. 결혼 생활 내내 준호가 항상 나만 바라보며 100% 나에게 만족할 거라고 맹목적으로 믿었다. 그가 내 요구를 잘 따라준다는 것이 곧 사랑의 증거라고 생각했다. 내 허기가 시야를 가린 것이다. 표면적으로는 내가 부부 관계에서 '갑'처럼 행동했지만 사실 이런 행동도 어리광과 다를 바 없었다. 나를 더 봐달라고 쉴 새 없이 조르면서, 자신의 요구가 조금이라도 거절당할까 봐 신경을 잔뜩 곤두세우는 어린아이. 나는 그처럼 상대의 사랑에 매달려 있었다. 세상에서 나처럼 특별한 사랑을 받는 사람은 없어. 그와 나의 사랑은 완전해. 완전해야 하니까 완전해. 둘 사이에 갈등이 있을 때조차 이런 생각을 고집했다. 이 갈등은 잠깐의 혼란일 뿐, 금방 다시 완벽한 커플이 될 거라고. 관계의 막바지에 이르러서야 비로소 나는 내가 얼마나 유아적인 환상 속에 살았는지 직면할 수 있었다.

*

이혼 서류를 접수한 후 공인중개소에 전셋집을 내놓고 두 달이 넘어서야 계약이 이루어졌다. 그 두어 달 동안 나는 우리가 살던 집에서 혼자 지냈다. 준호는 서너 번쯤 들러서 자신의 짐을 챙겨갔다. 한번에 짐을 정리하지 않았던 이유는 그의 거주지가 확실하게 결정되지 않은 탓이었지만, 우리에게 날을 잡아서 집안의 모든 물건을 뒤져보고 나눌 에너지가 없기 때문이기도 했다. 우리는 조금씩 천천히, 함께했던 삶을 허물어 갔다. 그 속도가 나에게 편했다.

준호가 마지막으로 짐을 가지러 들렀을 때 나는 책꽂이에 누워 있는 손 인형들을 가리키며 말했다.

"자기, 애들한테도 인사해야지."

그는 몸을 숙이고 오리 인형과 사자 인형을 내려다봤다. 내가 늘 좋아했던 다정한 몸짓이었다. 그는 울음 섞인 목소리로 인형들에게 말했다.

"내가 민정이한테 너무 큰 잘못을 했어."

바닥에 허물어지는 그를 보며 나는 오리 인형을 손에 끼고 다가갔다. 오리 인형의 작고 보드라운 손으로 그의 어깨를 토닥거리며 말했다.

"괜찮아. 그럴 수도 있지. 나는 이해해."

행복주택 서류를 접수하며

비가 추적추적 내리던 그날은 신혼부부 행복주택 신청 접수 마감일이었다. 민정은 주민등록등본, 가족관계증명서, 혼인증명서를 들고 영등포구 당산동의 우편취급소로 걸어갔다. 집에서 우편취급소까지 걷는 데 예상했던 것보다 시간이 오래 걸렸다. 찬바람 사이로 빗방울이 흩날렸다. 감기에 걸릴 것만 같은 날씨였다. 이 서류를 접수해서 1차 심사에 통과하면, 추첨을 통해서 당산동 아파트의 전세 계약을 할 수 있는 자격이 주어진다. 그는 희박한 당첨 확률을 생각하면서 헛수고하는 기분에 휩싸였다.

그래도 걷기 시작했으니 목적지까지는 가자고 민정은 자신을 다잡았다. 집에서 오후 다섯 시쯤에 출발했고 30분 정도 지난 후 목적지에 도착했다. 우체국은 보통 여섯 시까지 하니까 겨우 서류를 접수할 수 있게끔 아슬아슬하게 도착한 것이다. 더 일찍 출발할 수도 있었지만 그러지 않았다. 그는 어쩐지 이 서류를 접수하는 시각을 되도록 늦추고 싶었다.

우편취급소는 좁고 어두웠다. 문을 닫기 전에 몰려든 사람들의 옷자락이 비에 젖어 있었다. 민정은 탁자 한쪽에 쌓여 있는 봉투를 집어서 몇 장의 서류를 넣었다. 봉투를 봉하기 전에 빠뜨린 서류가 없는지 확인하면서 그는 다시 한번 무언가 내키지 않는 기분에 빠져들었다. 만약 행복주택에 당첨된다면 이 혜택은 무엇에 대한 보상일까? 결혼했다는 것에 대한? 재생산이 허락된 '정상 가족'을 이루었다는 것에 대한? 그렇다면 역세권 아파트의 전세권을 얻으려면 결혼 제도에 속해야 하는 건가? 아내와 며느리라는 역할에서 오는 성차별은 아파트에 사는 대가인가? 그러면 내 배우자는? 준호는 무엇을 대가로 치르기에? 민정의 머릿속에서 질문들이 빗방울처럼 흩날렸다.

결혼이 가부장제의 핵심이고, 기혼 여성은 가부장제의 부역자라는 이야기를 들을 때마다 민정의 생각은 고장 난 저울 바늘처럼 왔다 갔다 했다. 결혼은 타인과 삶을 함께 꾸려갈 때 법적인 보장을 받기 위한 제도야. 그것을 가부장제가 악용하고 있을 뿐이지, 결혼이 곧 가부장제라는 건 초점이 엇나간 말이야. 페미니스트가 해야 할 것은 가부장제로부터 여성의 권리를 찾아오기 위한 싸움이야.

그러다가 민정은 다시 생각했다. 결혼은 남성 1인에게 여성 1인이 배분되도록 고안된 제도라고. 핵심에 사랑이 있다고 가정해도, 결혼은 사랑을 볼모 삼아서 여성이 남성의 삶에 자양분이 되도록 정교하게 만들어진 장치에 불과하다고. 사회는 여성이 안정된 삶, 안전한 삶을 누리려면 남자와의 성애를 통해야 하게끔 길을 만들어 놓았다고. 어린 시절 공책 뒷면에 실려 있던 미로 그림처럼, 얼마나 고민해서 길을 찾아가든 주어진 목적지에 도착할 수밖에 없다고.

민정의 생각은 꼬리를 물고 이어졌다. 만약 목적지에 있는 보물 상자의 뚜껑을 들어 올렸을 때 내가 맞닥뜨리는 것이 준호의 얼굴이라면? 세상에서 나에게 가장 친숙한 그 얼굴이 당혹스러운 표정을 떠올리며 이렇게 묻는다면….

'당신이 겪는 성차별이 내 탓인가요? 당신과 마찬가지로 나 역시 당신을 사랑해서 결혼했을 뿐인

걸요.'

민정은 자신이 칼을 뽑아 든 다음에 멍하니 서 있는 무사 같다고 생각했다. 사랑하는 준호여, 너는 내 적인가, 동지인가? 나에게 밥을 차려주고, 내가 아플 때 간호해주고, 내 모든 치부를 드러내도 온전하게 포용받는다는 느낌을 가르쳐 준 너는 내 동지인가? 결혼 후 자신의 가족이 나에게 쏟아내는 성차별적인 발언을 막지 못하고, 맞서 싸우지도 못하고, 그것이 왜 나를 아프게 하는지 설명하기 전에는 이해하지 못하는 너는 내 적인가? 나아가서 밤길에 낯선 남자가 뒤따라올 때의 공포를 결코 알지 못하고, 성범죄자들처럼 적극적인 가해자들 덕분에 상대적으로 무해한 남성이 됨으로써 결과적으로 내가 의지하게 된 너, 남성 공모체의 일부인 너는 내 적인가?

민정은 이 무해한 적이자 유해한 동지 앞에서 어떤 입장을 취해야 할지 도저히 알 수 없었다. 그는 서류를 부치고 집으로 걸어가며 계속 자문했다. 페미니스트로서의 나는 어떻게 살아야 하는가? 내 칼이 겨누어야 할 곳은 너의 목인가, 나의 팔인가? 결혼 제도가 여성을 착취하게끔 이루어진 사회구조를 고발하는 것이 정답일지라도, 행동이 뒤따르지 않는 분석은 허공에 칼을 휘두르는 것처럼 공허한 행위가 아닐까?

정치

너는 듣고 있는가 분노한 여성의 노래
다시는 노예처럼 살 수 없다 외치는 소리[1]

2019년에 여성을 대상으로 하는 농구 원데이 클래스에 참여했다. 전직 여성 농구 선수가 고등학교 체육관에서 하루 동안 진행하는 수업이었다. 나는 그전까지 '농구'라는 스포츠를 한 번도 해본 적이 없어서 인터넷에서 홍보 글을 봤을 때 호기심이 들었다. 수업 당일 지정된 장소에 가니 십여 명 정도의 여성이 운동복을 입

1 불법 촬영 편파 수사 규탄 집회에서 나온 '여성의 노래' 중 일부. 뮤지컬 〈레 미제라블〉의 노래 'Do You Hear the People Sing'을 개사한 곡이다.

고 모여 있었다. 머리가 짧은 여성이 많았고 대체로 나보다 나이가 어려 보였다. 체육관이라는 공간도 낯설었고, 여중·여고를 다닌 이후 여성들끼리 스포츠를 하는 경험도 처음이었다. 그날 우리는 농구공 패스하는 법, 골대에 공 넣는 법을 배우다가 마지막에 두 팀으로 나누어져서 짧은 경기를 하고 수업을 마쳤다.

수업을 듣는 내내 내가 얼마나 몸을 움직이는 데 서툰지 깨달았다. 내가 던진 공은 골대에서 한참 오른쪽이나 왼쪽으로 비켜나가서 떨어졌다. 여러 번 연습했지만 어떤 식으로 움직여야 공이 들어가는지 전혀 감을 잡을 수 없었다. 공을 넣는 건 그저 운에 따른 일로 보였다. 마찬가지로 시합을 하면서 서로 공을 빼앗고 패스하는 일에도 재능이 없었다. 어떤 이들은 이기고자 하는 의지를 온몸으로 드러내며 잽싸게 몸을 놀렸다. 진지한 표정과 재빠른 움직임이 참 보기 좋다고 생각했지만, 내가 느끼는 재미는 딱 거기까지였다. 나는 누군가 나에게 다가오면 실수인 척 공을 내어주고야 마는 사람이었다. 이기고 지는 일이 너무나 무의미하게 느껴져서 시합에 집중하기 힘들었다. 아무리 1인칭 시점으로 경기에 참여하려 해도, 자꾸 먼 풍경을 관람하듯 눈앞의 상황을 보게 됐다. 돌아보면 학창 시절 달리기나 피구를 할 때도 똑같은 기분을 느꼈던 것 같다.

농구에 크게 흥미를 느낄 수는 없었지만 수업이 끝났을 땐 만족스러웠다. 이제까지 하지 않았던 일을 시도해 봤다는 뿌듯함. 내가 어떤 사람인지 조금 더 또렷하게 알게 된 것 같았다. 강사와 학생들은 씩씩하게 인사를 나누고 헤어졌다. 체육관에서 나오는 길에 같이 수업을 들은 여성이 다가와서 친근하게 말을 건넸다. 집 방향이 같아서 우리는 함께 걸어가며 이야기를 나눴다. 그는 동네 여성 축구팀에서 축구를 배우는 중이라 했다.

"와, 동네에 여성 축구팀도 있어요? 저는 축구공을 차본 적도 없어요."

내가 초등학교에 다닐 땐 남자아이들이 운동장을 차지하고 축구를 할 동안, 여자아이들은 계단에 앉아서 공기놀이를 했다. 여자아이들이 어쩌다가 운동장 한 귀퉁이에서 고무줄놀이를 하면 꼭 몰래 다가와서 줄을 끊는 남자아이가 있었다. 여자아이들은 잠시 화를 내다가 끊어진 고무줄을 다시 묶어서 이어보거나, 그것도 여의치 않으면 놀이를 그만두고 다른 곳으로 떠났다. 여자아이들끼리 축구, 농구, 야구를 하는 건 상상조차 해본 적이 없었다. 주변의 또래 여자아이들 누구도 그렇게 놀지 않았으니까. 나는 이런 이야기를 떠들었다. 체육관 밖 운동장에서 한 무리의 성인 남자들이 축구를 하고 있었다. 함께 걷던 이가 그들을 턱짓으로 가리키며 말했다.

"솔직히 같잖지 않아요? 쟤들은 어렸을 때부터 그렇게 공 차고 놀았는데 저 정도밖에 못 한단 말이에요."

나는 그의 코웃음이 재미있어서 마주 웃었다. 아주 짧은 머리, 화장하지 않은 얼굴, 품이 넉넉한 운동복. 그와 나는 스타일이 비슷했다. 탈코르셋을 한 여성의 이상적인 모습, 이른바 '디폴트' 상태였다. 그와 재미있게 이야기 나눌수록 한 가지 걱정이 스멀스멀 고개를 들기 시작했다. 이 사람은 내가 기혼 여성인 걸 알면 나를 싫어할 거야.

*

결혼한 다음 내가 SNS에서 맞닥뜨린 이야기는 기혼 여성을 향한 4B(비혼, 비출산, 비연애, 비섹스) 여성들의 비난이었다. 2018년에 '기혼'이라는 키워드로 최신 트윗을 검색하면 이런 말들이 주르르 떴다.

"기혼 여성은 가부장제의 부역자다."

"기혼 여성은 가부장제를 지탱하는 벽돌이다. 구조를 패려고 하는데 너희들이 구조 속에 있으니 문제다."

"기혼이 페미니스트라는 말은 모순이다. 기혼이 하는 건 기껏해야 수정 가부장제다."

기혼 여성을 벌레에 빗대거나, '×빨러'라고 조롱하는 욕설도 함께 나왔다. 과거부터 온라인에서 남자들이 여자에게 '××녀'라는 라벨을 붙여서 조롱하는 말은 익히 들어왔지만, 자신을 페미니스트로 자처하는 이에게서 여성을 혐오하는 표현이 나오는 상황은 예상하지 못했던 것이었다. 과연 나는 어떤 여성이 되면 온라인을 안전하고 편안한 공간으로 느낄 수 있을까? 무엇보다 기혼에게 쏟아지는 '조용히 하라'는 메시지에 숨이 막혔다.

"기혼이 가만히 있으면 누가 뭐라 하냐? 자기도 페미라고 바락바락 우기니까 문제지."

"자꾸 기혼이 스피커로 나서니 문제다. 기혼한테서 마이크를 빼앗아라."

"또 기혼 플로우냐? 기혼들은 눈치껏 좀 닥쳐라. 너네만 입 닫으면 된다."

너만 조용히 하면 돼. 너만 가만히 있으면 돼. 나는 이런 말을 평생 들으며 살아왔다. 아버지가 가족들에게 폭력을 행사했던 어린 시절부터, 시가 사람들과 호칭 문제로 갈등을 겪었던 결혼 이후까지. 너만 조용히 하면 모두가 평화롭다는 메시지는 계속해서 나를 따라다녔다. 그런 말을 접할 때마다 천천히 익사하는 느낌이 들었다. 내가 어떤 상황을 두고 아무리 '싫다, 불편하다, 불쾌하다, 부당하다'라고 말해도 이것은 물속에서 외치는 소리일 뿐, 물 밖에 있는 이들에게는 결코 도달할 리 없다는 자포자기. 그 무력감이 계속해서 삶을 지배해 왔기에, 내가 여성단체에 가입해서 회원들을 만났을 때 수줍게 고백했던 말은 조금도 과장이 아니었다.

"처음으로 저한테도 입이 생긴 것 같아요."

페미니즘은 내가 나의 삶을 해석할 수 있는 관점을 제시해 줬고, 주변의 페미니스트들은 내 경험을 증언할 창구가 되어주었다. 나는 페미니스트들과 대화하며 나라는 개인이 겪은 부당한 일들이 사실은 '우리의 문제'였다는 걸 깨달았다. 우리의 문제라면 우리가 얼마든지 함께 힘을 모아서 바꿔나갈 수 있으리라. 회원 모임에 나가서 새로운 페미니스트를 한 명 한 명 만날 때마다 세상으로 나아가는 통로를 발견하는 것 같았다. 이렇게 간신히 찾은 입을 다시 또 다물라고?

SNS에 줄줄이 이어지는 혐오의 말들 속에서, 아이를 데리고 여성단체 강연을 들으러 가려 했는데 눈치가 보인다는 이야기가 눈에 띄었다. 기혼 여성을 조롱하는 분위기는 온라인에서만 영향력을 미치는 것이 아니었다. 여성단체의 한 활동가는 신입 회원들에게 행사 소식을 알리려고 전화를 돌리다가 "저 기혼인데… 제가 가면 싫어하지 않을까요?" 되묻는 말을 들었다 했다. 이런 이야기를 접할 때마다 가슴이 꽉 메었다. 여성을 말하지 못하게 하고, 움직이지 못하게 하는 모든 소리에 화가 치밀어 올랐다.

비혼 여성과 기혼 여성 간의 날 선 분위기를 중재하려는 페미니스트들은 흔히 이렇게 말했다.

'기혼과 비혼 모두 각자의 자리에서 싸우자.'

어찌 보면 지극히 타당한 말인데, 나는 또 가슴이 답답해졌다. 과연 기혼과 비혼이 그렇게 멀리 있는가? 나와 너의 자리가 다른가? 나는 살면서 여자아이, 여학생, 여직원, 아내와 며느리라는 위치를 지나왔다. 여성에게 가해지는 차별과 폭력을 나라는 한 사람의 몸으로 겪어왔는데, 기혼 여성의 자리에서 벌어지는 일과 비혼 여성의 자리에서 벌어지는 일이 따로 있다고는 도무지 생각할 수 없었다.

아버지에게 구타당해서 혼자 울고 있을 때의 슬픔. 밤길을 걷다가 뒤에서 발소리가 다가올 때의 긴장. 지하철에서 한 남자가 내 가슴을 툭 쳤을 때, 고의가 아닐 거라고 내가 예민한 거라고 스스로를 설득할 때의 모멸감. 공중화장실에서 카메라에 찍힐지도 모른다고 생각하며 주위를 두리번거릴 때의 공포. 이 모든 감정 뒤에 곧바로 따라오던 울분. 이 기억이 내 몸과 마음에 고스란히 남아 있었다. 누군가 툭 건드리면 왈칵 넘쳐흐를 것처럼 고여 있는 감정적 기억은 결코 나만의 것이 아니라 여성의 집단적 기억이다. 여성으로 살아오면서 느낀 공포와 분노의 기억을 공유하는 이상, 나는 어떤 여성도 나와 다른 자리에 있다고 믿지 않았다.

그러나 아무리 내가 '기혼 여성과 비혼 여성은 멀리 있지 않다'라고 생각하려 해도, 수업에서 만난 여성과 운동장을 걷는 동안 마음이 자꾸 위축됐다. 당신이 '탈코'한 기혼 여성이라면 우리는 친구가 될 수도 있을 텐데. 일전에 한 페미니스트 친구는 자신이 참석했던 비혼 여성 모임에 기혼 여성이 와서 모두가 거북해했다는 이야기를 들려줬다.

"가입 조건이 비혼이었는데 거기에 온 거예요."

친구는 날카로운 반응을 보였다. 그 말을 들었을 때 내 입에서도 "그 사람은 뭐 하러 거기 왔대요?"라는 말이 튀어나왔다. "그러니까요." 친구가 맞장구쳤다.

"그 사람은 뭐 하러 거기 왔대요?"

누군가 나를 보고도 이렇게 묻지 않을까? '여성 전용 스포츠 클래스'는 알고 보면 기혼 배제적인 곳인데 내가 눈치 없이 간 것이 아닐까? (물론 전혀 그렇지 않다.) 누군가 나를 보고 기혼이 왔다고 눈살을 찌푸리지 않을까? 머리를 짧게 자르고, 화장하지 않고, 품이 넉넉한 옷을 입고, 주말에 여성을 대상으로 하는 운동 수업에 참여하는 것들은 모두 내가 선택한 일이었다. 그런데 어쩐지 내가 하고 싶은 대로 하는 것만으로도 누군가를 속이는 기분이 들었다.

같이 걸어온 그가 지하철역에 도착해서 화장실에

간다고 했을 때 나는 먼저 가보겠다며 급하게 자리를 떴다. 때마침 도착한 지하철에 들어가서 의자에 앉는 순간 알 수 없는 피로가 밀려왔다. 무엇이 그토록 두려웠는지 자신을 되짚어봤다. 나와 웃으며 이야기하던 사람에게 경멸받는 것? 어울리지 않는 장소에서 얼쩡거리는 초라한 존재가 되는 것? 페미니스트라는 정체성을 공유하는 사람들이 나를 타자로 취급하는 것?

아니었다. 내가 가장 두려워했던 것은 자신의 시선이었다. 나는 '기혼 여성'이라는 집단에 속하고 싶지 않았다. 나에게 붙은 '기혼'이라는 이름표가 싫었다. 사회에서 기혼 여성 페미니스트는 4B로 정체화한 페미니스트보다 온건한 존재로 받아들여졌다. 급진적인 페미니스트 여성들이 4B운동으로 가부장제에 맞선다면, 기혼 페미니스트에겐 남편을 변화시키고 아이를 교육해서 성평등한 가정을 만드는 역할이 있다고, 그 두 가지 변화가 함께 가는 것이 이상적이라고 기혼 페미니스트 당사자들도 이야기했다. 나는 배우자와 옥신각신하는 것이 나의 역할이라고 생각하고 싶지 않았다. 가정이라는 작은 집단의 변화를 중점적으로 이야기하는 말들이 답답했다. 페미니즘을 알게 된 이상 내 삶에서 가부장제와의 연관 고리를 하나라도 더 끊어버리고 싶었다. 남자의 욕망, 남자가 여자에게 요구하는 모든 것에서 벗어나고 싶었다. 그러나 내 삶에는 준호가 있었다. 그가 아무리 내 앞에서 설설 기는 시늉을 하는 남편이라도, 존재만으로도 나를 떳떳하지 못하다는 기분에 빠뜨린다는 점에서 내 삶에 묻은 얼룩과 다름없었다. 기혼이든 비혼이든 '각자의 자리'에서 싸우면 된다고 하지만, 나의 자리가 어디인지 혼란스러웠다. 페미니즘을 더 일찍 접했어야 했어. 결혼은 어리석은 선택이었어. 어울리지 않는 껍데기를 썼어.

나는 기혼 여성을 향한 혐오의 말에는 반대해도, 한편으로는 기혼 페미니스트라는 단일한 집단을 가정해 놓고 그 이미지에 내가 맞지 않다고 생각했던 것이다. 여성 집단에 특정한 이미지를 부여하는 것 역시 여성 혐오임을 알면서도 내 안의 거부감을 쉽게 지울 수 없었다. 나는 내가 기혼 페미니스트들을 '온건하다'라고 멸시하는 딱 그만큼 자신을 경멸했다. 나는 더 급진적인 존재가 되고 싶었다. 정치적으로 순수한 존재가 되고 싶었다. 티끌 한 점 없는 페미니스트로 살고 싶었다.

*

어느 겨울날 준호는 외출 준비를 하는 내 모습을 보며 말했다.

"자기 멋있다. 조인성 같아."

짧은 머리를 뒤로 빗어 넘긴 나의 헤어스타일을 보고 농담하는 것이었다. 아니면 넉넉한 핏의 니트와 바지를 입은 모습을 두고 그렇게 말하는지도 몰랐다.

탈코르셋 운동을 접한 직후 나는 내 옷장을 뒤집어엎었다. 브래지어와 하이힐, 길이가 짧거나 몸에 붙는 옷을 몽땅 내다 버리고 남성복 코너에서 산 상의와 하의로 옷장의 빈자리를 채웠다. 내 키가 큰 편이어서인지 남성복 중에 작은 사이즈를 사면 특별히 수선하지 않아도 잘 맞았다. 오히려 이제야 몸에 제대로 맞는 옷을 발견한 것 같았다. 허리선이 드러나지 않고 허벅지에 달라붙지 않는 옷 속에서 내 몸은 이전과 비교할 수 없이 자유롭게 움직였다.

집을 나서기 전에 등 뒤에 'Feminist'라고 크게 적힌 패딩 점퍼를 걸쳤다. 준호와 함께 이대 캠퍼스에 있는 '아트하우스 모모' 영화관으로 가는 길이었다. 지하철에서 내려 걸어가는 동안 준호는 나와 팔짱을 끼려 했다. 슬그머니 간격을 벌려도 그의 손은 자꾸만 내 어깨와 허리로 다가왔다. 연애할 때나 결혼한 이후에나 그는 스킨십이 잦은 사람이었다. 예전에 한 친척 어른이 쉴 새 없이 내 팔을 만지작거리는 그를 보며 혀를 끌끌 찼을 정도였다.

"얼마나 제 마누라가 좋으면…."

길을 걷는 내내 자꾸 나에게 손을 뻗는 그가 부담스러웠다. 아니, 부끄러웠다는 표현이 정확하다. 나는 캠퍼스 안에서 투블럭 머리를 하고 혼자 걷는 여성들을 부러움에 찬 눈으로 바라봤다. 질척거리는 남자와 함께 있는 나에 비해서 그들은 너무나 가볍고 산뜻해 보였다. 누구도 나를 주목하지 않았지만 내 자의식은 계속해서 속삭였다. 탈코한 페미니스트가 남자와 팔짱을 끼고 가다니! 가부장제의 뼈대인 결혼 제도에 들어가 있다니! 나는 내 삶에서 준호라는 오점을 지울 수 없다는 좌절감에 빠졌다. 하지만 어찌 됐건 내가 결혼을 선택한 이상 그에게 이혼이라는 상처를 주고 싶지는 않았다.

사랑하기로 약속했으니까 사랑해야 해. 이 말을 되

되고 있으면 몸에서 힘이 쭉 빠졌다. 너무 깊이 생각하지 마. 시간이 지나면 우리는 사이좋은 노부부가 되어 있을 거야. 그때쯤엔 페미니즘이나 탈코르셋으로 고민했던 것도 다 희미한 기억이 될 거야. 살다 보면 우리에게는 훨씬 더 중요한 일들이 생길 테니까…. 이렇게 스스로 설득하며 께름칙한 기분을 느낄 때야말로 가장 나 자신이 '떳떳하지 못하다'라고 느끼는 순간이었다. 다른 누구도 아닌 내가 나에게 눈을 감으라고 말한다는 부끄러움.

남편이라는 존재가 부끄럽다는 것은 생각 이전에 감각이었다. 가끔 길에서 남자가 여자를 팔로 감싸며 걷는 모습을 보곤 했다. 여자의 머리를 쓰다듬는 남자, 남자의 팔 안에서 혀 짧은 소리로 말하는 여자. 이런 모습을 보면 이성애 자체가 징그러웠다. 이토록 젠더 권력이 불평등한 두 사람이 어떻게 사랑할 수 있단 말인가? 여자들은 자신보다 힘이 세고, 임금을 더 받고, 범죄의 위협에서 훨씬 자유로운 존재 앞에서 격심한 분노를 느껴야 하지 않은가? 여자들이 불평등한 구도에 어느 정도는 눈을 감아야만 연애 관계가 성립할 수 있을 텐데 나를 억압하는 대상에게 애정을 느끼는 건 스톡홀름증후군 같은 이상심리, 문화적 세뇌, 자기기만이 아닌가? 커플이 포옹하고 있을 때 남자는 운동화를 신고 여자는 하이힐을 신었다면 가슴이 더 답답했다. 사회에서 '여성적인 것'으로 분류된 모든 기호가 굴욕적으로 느껴졌다.

머리가 길고 화장한 페미니스트 친구를 만나면 복장 터지는 기분은 극에 달했다. 겉으로 티는 내지 않았지만 자꾸 이런 생각이 들었던 것이다. 사회에서 강요되는 여성상을 부숴야 하는데 당신은 왜 탈코르셋 운동에 동참하지 않지? 갈수록 화장하는 나이가 일러지고 어린 여자아이들마저도 성적 대상화가 되는 판국에 기성세대로서 책임감도 없나? 한날한시에 여성들이 모두 남자의 욕망에 복무하기를 거부한다면 세상이 단숨에 바뀔 텐데, 심지어 페미니스트라는 사람들조차 변화하는 데 이렇게 시간이 오래 걸리니, 원!

내가 품은 질문은 그대로 자신을 향했다. 한국 사회의 여성 혐오와 차별이 모두 준호의 탓은 아니지만, 준호는 내 삶에 성차별이 흘러들어 오는 통로 중 하나였다. 주민센터에서 혼인신고를 하며 '자녀의 성·본을 모의 성·본으로 하는 협의를 하였습니까?'에 '아니요'라고 체크하던 순간부터, 성당의 혼인교리 수업에 참가해서 '지혜로운 여자'의 덕목을 듣고 있었던 하루부터, 청첩장에 남자의 이름을 앞에 넣는 관습을 따를 때부터. 그의 '아내'로 여겨지자마자 여성에 대한 차별과 억압의 구조는 구체적인 사건으로 나에게 얼굴을 들이밀었다.

사실 청첩장을 찍을 당시에 준호는 내 이름을 앞에 넣자고 제안했는데, 나는 "남들처럼 하는 게 좋지 않을까…" 대답하면서 내 이름을 뒤에 넣기로 정했다. 지나고 보니 그가 무엇을 제안했든 내 삶에 이것이 '문제'로 주어졌다는 사실이 스트레스로 다가왔다. 청첩장 이름의 순서라는 문제는 준호가 없었다면 내 삶에 제시되지 않았을 것이었다. 나는 이런 문제를 계속 풀어가면서 살아야 한다는 게 억울했다. 아마 준호는 자신이 평등한 제안을 했는데 거부한 것은 나라고 생각하면서 이 문제를 다시 떠올리지 않았을 것이다. 그에게는 끝난 일이었다. 그러나 나는 무엇 때문에 내 입에서 '남들처럼 하는 게 좋다'라는 말이 튀어나왔는지, 이 결정에 어떤 사회적 통념이 작용했으며 그것이 지금의 내 삶을 어떻게 만들었는지 자꾸 돌아보면서 쓸개를 핥듯이 패배감을 곱씹었다.

돌이켜 보면 의문이 든다. 정말로 배우자인 준호가 없었다면 나는 아무 거리낄 것 없이 당당한 기분으로 길을 걸을 수 있었을까? 내 패딩 점퍼에 새겨진 '페미니스트'라는 글자가 십자가처럼 느껴지지 않고, 페미니즘과 내 삶이 완벽하게 조화를 이룬다는 감각으로 살 수 있었을까?

사회 일각에선 '페미니즘'이라는 단어만 들어도 단박에 적개심을 보이는 사람들이 수두룩했다. 실제로 온라인 게임 캐릭터의 목소리를 맡은 성우는 페미니즘 문구가 적힌 티셔츠를 입었다가 퇴출되었고, 게임 원화작가는 페미니즘과 관련된 이야기를 SNS에 리트윗했다가 일자리를 위협당했다. 반대쪽에는 남자와 연애하거나 결혼한 이들에게 페미니스트 자격이 없다면서 '왜 자지를 못 뱉냐'고 야유하는 사람들이 있었다. 여성을 조롱하는 태도가 옳다고 생각하진 않았지만, 결혼 제도가 여성을 착취하는 가부장제의 근간이며 이를 타파해야 한다는 말에는 나 역시 공감하는 바가 있었기에 이런 말들이 더 날카롭게 다가왔다.

무엇이 나의 모습인지 알 수 없었다. 페미니즘은 여성의 삶에 비전을 제시하는 가장 급진적인 사상이라고 믿는 나. 이성애의 모든 애정 표현이 어색하고 거북하게 다가오는 나. 화장한 페미니스트를 보면 가슴이 답답해지는 나. 자신은 다른 기혼 여성들과 다르다고 생각하는 나. '페미니스트'라는 글자가 새겨진 옷을 입고 탈코르셋을 한 모습으로 남편과 걷는 나. 자꾸만 나에게 팔을 감는 남편과 애써 거리를 벌리는 나. 영화관으로 걸어가는 짧은 길에서 나는 내 안에서 부딪치는 목소리들 때문에 심신이 마모되는 것 같았다. 분명히 처음에 페미니즘은 내 삶을 해석하게 해주는 새로운 눈이었는데, 이 눈은 순식간에 거울로 변했다. 그 거울 앞에서 나는 자꾸만 움츠러들었다.

*

이러한 내적 갈등 속에서도 어째서 나는 끝내 '페미니스트'라는 이름을 놓을 수 없었을까? 자기혐오의 뒷면에 뜻밖에도 뜨거운 감정이 있었기 때문이다. 그것을 세상의 변화에 대한 희망이라고 해도 좋았고, 자매애라고 부를 수도 있었다.

2018년 5월 혜화역에서 불법 촬영 편파 수사를 규탄하는 집회가 열렸다. 이 집회는 홍대에서 미술 수업을 듣던 한 학생이 남성 누드 모델을 촬영하여 '워마드' 게시판에 올리면서 촉발되었다. 공권력이 이 사건을 신속하게 수사하는 과정을 보며 여성들은 크게 박탈감을 느꼈다. 남성이 관음과 조롱의 대상이 되었을 때는 온 사회가 이를 심각한 피해로 받아들이는데, 이제껏 수많은 여성들의 피해는 '사소한 것'으로 취급되어 왔다는 인식이 박탈감의 배경이었다. 박탈감은 이내 분노로 변했다. 5월부터 12월까지 여섯 차례 집회가 이어지면서, 편파 수사를 지적했던 집회의 성격은 공공장소 및 공중화장실에서 여성을 대상으로 이루어지는 불법 촬영을 고발하는 쪽으로 바뀌었다. 집회의 이름은 '불편한 용기'였고 나는 여섯 차례 중 네 번의 집회에 참석했다.

불편한 용기 집회의 횟수가 거듭될수록 온라인에선 갖은 협박이 돌아다녔다. '남초' 사이트에는 이 집회에 참여하는 여성들의 외모를 조롱하는 게시물이 연일 올라왔고, 남성 유튜버들은 자신이 염산을 가지고 가서 집회에 참여하는 여성들에게 부어버리겠다고 공언했다. 집회에 참석하는 여성을 따라가서 머리를 깨버리고 강간하겠다는 말도 보였다. 사실 집회가 아니더라도 뉴스에선 연일 여성이 남성에게 구타당하고 살해당했다는 기사가 보도됐기 때문에, 온라인에서 나오는 협박조의 말들을 마냥 비웃으며 넘길 수 없었다. 집회에 참석하기 전에 구글로 '염산 응급처치 방법'을 검색했던 기억이 난다. '설마, 만에 하나, 그래도 혹시…' 검색창 앞에서 이런 생각이 되풀이됐다.

불편한 용기 집회의 드레스 코드는 '레드'였다. 나는 몇 번은 다른 색 옷을 입고 참석했다가 광화문에서 4차 집회가 열리던 날엔 새빨간 티셔츠를 사서 입고 나갔다. 이 하루를 돌이켜 보면 너무나 괴상하다는 생각이 든다. 지하철에서 맞은편에 앉은 남자와 눈이 마주칠 때면 반사적으로 신경이 곤두섰다. 누군가 갑자기 내 머리를 후려치는 상상을 멈출 수 없었다. 빨간색 티셔츠를 입고 걷는 것이 이렇게 긴장되는 일일 수 있다니. 무려 각오까지 해야 하는 일일 수도 있다니. 광화문으로 가는 지하철을 타는 내내 손가락 하나를 움직일 때조차 자신의 동작이 의식됐다. 무심히 서 있고 싶었지만 도무지 무심할 수 없었다. 문득 이 감각이 익숙하다는 생각이 들었다. 어린 시절 폭력적인 아버지와 함께 살 때도 늘 이런 긴장을 느꼈다. 술 취해서 내 앞으로 다가오는 그를 보면 가슴속에 온갖 아우성이 들끓었다. 비위를 맞출까, 소리칠까, 도망갈까, 용서를 빌까, 한 대라도 맞서 싸워볼까. 사실 입을 다물고 우두커니 서 있는 내 모습이 상대의 비위에 가장 맞지 않은 것인지도 몰랐다. 내가 그렇게 있을 때 아버지는 금방 폭발하곤 했으니까.

광화문광장에서 빨간 옷을 입은 여성들은 신원 보호를 위해 마스크로 얼굴을 가리고 있었다. 광장 한편에 세워진 의료진 부스에는 염산 테러를 대비해서 물과 식염수가 잔뜩 쌓여 있었다. 다른 곳에서는 한번도 제대로 소리치지 못했던 말들이 치켜든 피켓 속에 넘실거렸다.

"나의 일상은 너의 포르노가 아니다."

"나는 여자가 아닌 사람으로 살고 싶다."

"몇 년 전 한 줌의 재가 된 내 친구는 어째서 한국 남자들의 모니터 속에 ××대 ××녀라며 아직 살아있는가."

삭발식에 지원한 여성은 "나는 더 이상 인형으로 살지 않겠다"라고 소리쳤다. 이제까지 자신에게 강요된 화장과 다이어트를 고발하는 앳된 목소리에 울먹임이 섞여 있었다. 나 역시 체중 강박 때문에 굶고 폭식하기를 반복해 왔고, 발에서 피가 나도 하이힐을 신었으며, '예쁜가, 예쁘지 않은가'에 따라 나라는 사람의 가치가 결정된다는 두려움에 시달리며 살아왔다. 이런 생각은 성적 대상화의 절정인 20대에는 지금과 비교할 수 없이 강했다. 이렇게 사회적 여성성을 수행한 결과 현실에서 벌어진 일은 무엇이었나? 지하철에서도, 공중화장실에서도 관음의 시선을 상정하고 사는 삶. 삭발하는 여성의 울먹임은 숨을 쉬고 싶다는 절박한 마음에서 나오는 것이리라. 또한 그의 울먹임은 내 안에서 오래전부터 울려 퍼지던 비명이기도 했다.

나는 왜 페미니즘을 처음 접했을 때 정신없이 매혹됐을까? 태어나서 처음으로 내가 동질감을 느끼면서 속할 수 있는 집단을 발견했기 때문이다. 페미니스트라는 집단 안에서 나는 처음으로 내가 2등 시민이 아니어도 된다는 안도감을 느꼈다. 이 집단은 이제까지 사소한 것으로 취급당해 온 나의 경험이 절대 사소하지 않다고 말했다. 내가 여성으로 살면서 느낀 분노, 슬픔, 공포가 나만의 체험이 아니라 '우리'가 해결해야 하는 문제로 승화되는 경험. '사적인 것이 정치적인 것이다.'라는 페미니즘의 명제는 내 삶의 동아줄과 같았다. 불편한 용기 집회 장소에서 내가 본 것 역시 우리가 우리의 삶을 구할 수 있다는 희망이었다. 함께 힘을 모아서 지금 당장 이 사회를 바꿔야 한다는 결의, 다른 누구도 아닌 자신이 그 역할을 하겠다는 다짐, 그리고 아주 순간적으로 존재했던 자매애였다.

집회가 끝난 다음 시간이 흐르면서 여성들의 절박함은 여성 집단 내부를 향한 공격으로 방향을 틀었다. 집회 당시부터 논란이 되었던 트랜스젠더 혐오는 이후에 기혼 여성, 남자와 연애하는 여성, 탈코르셋을 하지 않는 여성을 향한 혐오로 이어졌다. '오직 생물학적 여성만 챙긴다'는 기치 아래 4B를 중심 가치로 두는 여성 집단은 '래디컬 페미니스트'로 자신을 명명했고, 이 주장에 동의하지 않는 페미니스트들에게 '쓰까'라는 멸칭을 붙였다. 경상도 방언으로 '섞다'라는 뜻이 변형된 단어였는데, 페미니즘이라는 큰 틀 안에서 다양한 정체성의 약자들과 연대하는 기조를 조롱하는 것이었다.

너는 페미니스트 자격이 없어. 페미니즘 판에 말을 얹지 마. 페미니스트라고 하면서 나와 다른 주장을 하지 마. 페미니스트 여성들 사이에서 벌어지는 사이버불링을 보면 위태롭게 쌓인 젠가 탑을 보는 것 같았다. 블록이 하나라도 빠지면 와르르 무너질 것 같다는 두려움으로 새하얗게 질려 있는 사람들. 자신과 다른 목소리를 서둘러 지워버리려는 이들. 각자의 '노선'이 무엇이든 이 두려움은 페미니스트 여성들 모두가 공유하는 것처럼 보였다. 매일 같이 SNS에서 벌어지는 여성들 간의 싸움을 지켜보며 나는 지난 시간을 돌아봤다. '여성'이라는 단일한 정체성으로 결속해서 사회를 변혁시키겠다는 믿음은 환상이었을까? 한국 여성 운동 사상 최대 규모였던 집회를 통해 여성 집단이 정치적 힘을 얻었다면 이 에너지는 외부로 향할 수 있었을까?

페미니즘 안에서 다양한 소수자 의제를 고민하면 여성의 '파이'가 줄어들 뿐이라고 주장하는 우리는 얼마나 가난한가. 세상을 변화시키고자 하는 의지를 여성을 향한 공격으로밖에 표현할 수 없는 우리는 얼마나 약한가. 지하철역에서 남자친구의 팔에 안겨 애교스러운 목소리를 내는 여성을 보며 희미하게 경멸감을 느끼는 나는, 저 여성은 나보다 '덜 깨인' 여성이라는 생각을 지워버릴 수 없는 나는, 기혼 여성/유자녀 여성/화장한 여성과 자신을 구분하려는 욕망을 이길 수 없는 나는 얼마나 겁에 질린 어린아이 같은가. 내가 옳다고 믿는 것이 내 삶에 비전을 제시하지 못할까 봐. 나에게 삶을 해석할 관점을 주었던 페미니즘이 사실은 오점투성이의 이데올로기에 불과할까 봐.

*

준호와 협의이혼 과정을 밟던 나날 중 하루, 그는 나를 만나서 내 얼굴을 가만히 보더니 물었다.

"당신 화장했어?"

그날 나는 붉은색 립밤을 입술에 바르고 있었다.

"오늘따라 색깔 없는 립밤이 안 보여서…."

나는 왠지 변명조로 주워섬겼다. 그의 질문이 비난처럼 들렸기 때문이다. 당신은 탈코르셋 운동에 동참한다면서 왜 화장을 했지? 사회에서 강요되는 여성성을 부숴야 한다고 주장하면서 왜 말과 행동이 다르지? 그가 이런 의도로 묻지 않았더라도, 내가 변명하는 기분이 든다는 것 자체가 화났다.

"아, 나는 자기 화장한 줄 알았어."

그는 고개를 끄덕거렸다. 멀뚱한 그 얼굴을 보고 있으니 내 입술을 잡아 뜯고 싶었다.

과거에 준호와 함께 걸어가면서 쇼윈도의 마네킹에 입혀진 시폰 원피스를 가리키며 말했다.

"요새 SNS에선 여자 옷 보고 '사탕 껍질'이라 얘기하더라고. 입고 움직이기 위한 옷이 아니라 그저 남 보기에 좋으라고 만든 옷이라고. 맞는 말 같아. 남자 옷은 저렇게 짧고 하늘거리지 않잖아?"

준호는 내 말을 듣고 고개를 끄덕였다.

"그렇네. 이제까지는 한번도 생각해보지 못했는데 그 말 듣고 보니까 여자 옷이 좀 이상하게 보여."

당시에는 그가 내 말을 잘 이해하는 것 같아서 뿌듯했다. 1년여가 지난 후 그가 나에게 '스타일이 바뀌어서 성욕이 생기지 않는다'라고 말하기 전까지는.

그가 립밤 이야기를 꺼냈던 날, 나는 그와 술집에서

이야기를 하다가 '인터뷰 놀이'를 하자고 했다. 내가 기자처럼 물을 테니 너는 대답해 보라는 제안에 그는 뜻밖에 진지하게 응했다. 그때 녹음한 대화를 정리하면 이렇다.

나: 준호 씨는 아내가 탈코르셋을 했을 때 매력이 떨어져 보였나요? 한때 SNS에서 이런 말이 유행했습니다. '남자친구는 너를 사랑하는 게 아니라 코르셋을 사랑한 거다. 네가 머리 자르고 탈코하고 나타나면 당장 떠나간다.' 이 말에 동의하시나요?

준호: 아무래도 한국 남자들이 성적 매력을 느끼는 타입이 정해져 있죠. 저도 어쩔 수 없이 그런 인식에 길든 것 같아요.

나: 이상하네요. 같은 사람이 머리만 잘랐을 뿐인데, 헐렁한 바지만 입었을 뿐인데 매력이 떨어진다라….

준호: 굉장히 인정하는 게 부끄럽고 나도 이런 내가 당황스럽지만, 그런 마음이 일어나는 건 부정할 수 없는 거예요.

나: 그럼 탈코한 여성과는 성적인 관계를 맺는 게 어렵다고 생각하세요?

준호: 불가능하진 않겠지만 기존의 여성적 이미지에 비해서는 어려운 게 사실이죠. 탈코한 사람과 머리가 길고 치마 입은 사람이 있다면 후자에 성욕을 느끼도록 학습되어 왔으니까요. 그러니까 이건 남자들이 살아온 문화인 거예요. 저도 여자를 옷차림으로 판단하고 싶지 않고, 탈코르셋 운동이 옳다고 생각해요. 그런데 옳은 것과 욕망이 머릿속에서 충돌한달까….

나: 만약에 수민이 탈코르셋한 여성이었다면 그 사람과 바람을 피웠을 것 같아요?

준호: 아니, 그러진 않았을 것 같은데…. 모르겠어요.

나: 그렇다면 당신에겐 머리가 길고 치마 입은 여자가 필요했던 건가요?

준호: 아니에요. 그런 건 아니에요.

나: 그럼요? 당신이 원하는 건 뭐죠?

준호: 정말 모르겠어요. 저도 그게 궁금해요. 계속 고민해봐야 할 것 같아요. 사회적으로 더 많은 논의가 필요하지 않을까 생각이 들고….

나: 거짓말하지 마. 논의라고? 그런 식으로 발 빼지 마. 너는 고민해본 적이 없어. 네가 뭘 원하는지, 뭘 원해야 하는지 생각해본 적 없어. 먹어야 할지 토해야 할

지, 화장을 해야 할지 하지 말아야 할지 한다면 어떻게 얼마만큼 해야 할지, 머리를 길러야 할지 잘라야 할지 네 머리 스타일이 다음 세대에 어떤 영향을 줄지, 너는 단 한 번도 나처럼 고민하면서 살아본 적이 없어. 너는 말할 자격이 없어.

'내가 머리를 잘라서 그런 거냐, 수민이 머리가 길어서 끌린 거냐.' 나는 취한 목소리로 계속 추궁한다. 녹음 파일을 들어보면 내 말투에서 조바심이 잔뜩 묻어난다. 마치 쥐를 사냥하는 고양이 같다. 너는 실존하는 여성 개인이 아니라 '여성적 기호'에만 반응하는 남자이니 네 역겨운 사고방식을 스스로 폭로해 봐, 얼른. 나는 그가 여자를 인간으로 보지 않는 악당이라고 처음부터 가정하고 있다. 묘하게 조급한 내 태도는 나 자신의 선택에 확신이 없었기 때문일까? 탈코르셋을 해서 그의 관심을 잃게 되는 것이 두렵지는 않았다. 상대방의 스타일이 바뀌었다고 감정이 사라지는 관계라면 하루빨리 끝내는 게 나았다. 나를 못내 찜찜하게 했던 것은 내 안에서 떠오르는 질문이었다. 지금의 내 모습이 정말 내가 원했던 것인가? 화장을 하든 하지 않든, 여성의 화장을 부정적인 것으로 생각하든 긍정적인 것으로 생각하든, 이 모든 생각이 다시 자신을 검열하는 시선으로 돌아왔다. 내가 페미니즘에 대해 얘기할 때마다 준호는 언제나 내 말에 백 번 동의하지만 자신은 남자이므로 페미니스트 자격이 없다고 몸을 낮췄다. 그는 자신이 옳다고 믿는 진보적 가치를 지지하기만 하면 되는데, 나는 왜 내 삶이 모순 때문에 파열될 것 같은 느낌을 안고 살아야 했을까?

내 몸은 페미니즘의 공론장인가? 내 머리 길이, 몸짓, 말투, 성애는 정치적 판단의 대상일까? '개인적인 것이 정치적인 것이다'라는 말은, '정치적인 것이 개인적인 것이다'라는 말로 바뀔 수 있을까? 하루는 샤워하기 전 거울 앞에서 문득 나의 나체를 들여다봤다. 내가 여자라니. 이 몸이 여자의 몸이라니. 머리카락, 겨드랑이 털, 팔뚝, 가슴, 배, 허벅지…. 내 털과 살을 두고 세상에서 그토록 많은 말이 나왔다는 것이 신기했다. 참 이상하지, 그저 이 몸으로 살아갈 뿐인데 가끔은 사방에 쳐진 덫을 피해서 걷는 기분이 들어.

일전에 작업실에서 만난 사람과 탈코르셋을 주제

로 이야기를 나눴다. 그때 나는 탈코르셋 운동을 적극적으로 지지하지만, 여성이 탈코르셋 운동과 자기 욕망이 부딪치는 상황에서 하나를 택해야 한다면 반드시 후자를 택하기를 바란다고 말했다.

"저는 여성 개인의 욕망보다 중요한 것은 없다고 생각해요. 만약 우리가 자신이 원하는 것을 조금도 포기하지 않는다면, 외부의 목소리와 티끌만큼도 타협하지 않는다면 어떤 세상이 펼쳐질지 궁금하거든요."

그때 나는 이 말을 하면서 불편한 용기 집회에 참석했던 하루를 생각하고 있었다. 대학로 길바닥에 앉아서 '찍지 마'를 외쳤던 순간을, 한여름 날 광화문광장에서 얼음물을 녹여 먹으며 '노예처럼 살 수 없다' 노래하던 시간을, 그리고 염산 테러를 대비해 식염수를 상비하고 있던 의료진 부스를 떠올렸다. 나는 우리의 싸움이 너와 나를 더 자유롭고 존엄한 여성으로 만들어주길, 염탐하고 침해하는 수많은 시선으로부터 우리가 놓여날 수 있기를 바랐다.

머릿속에서 태양이 내리쬐는 광장과 희고 물렁하고 무죄한 나의 몸 이미지가 포개어졌다. 이제 나는 이 몸에 어떤 메시지도 더 쓰고 싶지 않았다. 남성들의 관음적, 폭력적 시선만이 아니라 내 몸을 사회운동의 장으로 보는 자신의 시선에서도 놓여나고 싶었다. 나를 나에게서 자유롭게 풀어주고 싶었다.

*

"탈코르셋 운동과 자기 욕망이 부딪치는 상황에서 하나를 택해야 한다면 반드시 후자를 택하기 바랍니다."

이 이야기를 SNS에 썼을 때 나는 페미니스트 여성들에게 많은 비난의 말을 들었다. 특히 4B운동을 하는 페미니스트 여성들이 강력하게 반발했다. 그들은 여성의 자기 욕망이란 사회적으로 학습된 것일 뿐이며, 개인의 욕망을 긍정하는 순간 세상은 '코르셋'으로 뒤덮일 거라고 얘기했다. 미디어에 깡마른 여성들이 나오고, 어린 여자아이들이 장난감 화장품으로 얼굴을 칠하는 지금의 사회가 여성이 주체적으로 자기 욕망을 따랐을 때 벌어진 결과라는 것이었다. 그들의 말에 따르면 여성의 외모에 대한 선택지는 이미 코르셋과 탈코르셋으로 나누어져 있었다. 사회적으로 여성들에게 권장되어온 긴 머리, 화장, 다이어트는 코르셋이며 그 상과 반대쪽을 추구하는 것이 탈코르셋이었다.

"여성을 준거집단으로 놓는다면 개인의 욕망을 택하라는 말이 나올 수 없다."

"탈코르셋과 부딪치는 욕망은 가부장제가 주입한 욕망이다."

"앞으로 나아가는 여자들 발목 좀 잡지 마라."

"그딴 소리를 할 거면 페미니스트 타이틀을 떼라."

많은 이들이 여성 개인의 욕망을 택하라는 말을 탈코르셋 운동을 하는 '집단'을 향한 공격으로 받아들였다. 나의 말은 래디컬 페미니스트를 비난하고 그들의 힘을 빼려는 의도에서 나오는 것으로 해석됐다. 사회의 어떤 집단에서는 탈코르셋 운동에 대해 얘기를 꺼내면 이상한 여자 취급 받고, 어떤 집단에서는 탈코르셋이 아닌 '다른 욕망'에 대한 이야기를 꺼내기만 해도 비명 같은 거부 반응이 나오는 상황. 이곳이 여성이 처한 자리였다.

며칠 동안 쏟아지는 비난의 말을 들으며 내가 이혼한 여성이라는 데 안도감이 든다는 것도 우스운 일이었다. 내가 만약 기혼자였다면 얼마나 저열한 단어로 조롱당했을까? 4B운동의 기조와 맞지 않는 기혼 페미니스트의 발언은 소위 '남자를 못 놓아서 하는 소리', 다시 말해 남자와의 관계를 포기하지 않으면서 자신을 페미니스트라고 내세우기 위한 자기 합리화의 말로 치부되기 일쑤였다. 마치 한 여성이 하는 말의 의미가 남편이 있고 없고에 따라 달라진다는 양. 남성들은 한 번도 기혼과 비혼, 여자친구가 있느냐 없느냐에 따라 서로를 구분하며 공격하는 모습을 본 적이 없는데 여성들은 왜 서로를 적으로 여기게 될까? 남성의 섹슈얼리티는 남성 카르텔의 근거가 되는데 어째서 여성의 섹슈얼리티는 서로를 공격하는 빌미가 되는 걸까?

나는 가부장제가 여성에게 제시하는 정답을 거부할 자유만이 아니라, 동조와 거부라는 기준에 얽매이지 않는 더 많은 선택지를 가지고 싶었다. 좋은 것부터 나쁜 것, 옳은 것부터 그른 것, 편안한 것에서 불편한 것까지 다양한 스펙트럼의 선택지 속에서 내가 원하는 것을 찾고 싶었다. 이 선택하는 자유야말로 남성에 비해 여성이 가장 적게 누리는 행복이었다.

나는 고개를 들고 작업실에 앉아 있는 페미니스트 친구들의 뒷모습을 바라봤다. 결혼을 하지 않은 여성과

한 여성, 자녀가 없는 여성과 있는 여성, 머리가 짧은 여성과 긴 여성. 우리는 서로 다른 옷을 입고, 다른 글을 썼다. 내 앞에 실재하는 여성들을 보고 있으면, 여성 개인의 욕망을 택하자는 말을 한낱 몽상이라고는 생각할 수 없었다. 내 SNS에 답글이 달렸다는 빨간색 알림 표시가 계속 떴다. 나는 휴대전화와 컴퓨터 너머에서 나를 비난하는 말을 입력하고 있을 페미니스트 한 사람, 한 사람을 상상하며 기지개를 한 번 켰다. 한국 사회에서 여성이 개인이 되려면 얼마나 더 먼 길을 가야 할까?

마지막
침대 시트 갈기

준호가 침대 시트를 간다. 민정은 그 모습을 보면서 눈물을 터뜨린다. 한번 시작된 울음은 좀처럼 멈추지 않는다.

이사를 앞두고 준호가 짐을 챙기러 왔다. 큰 짐은 한 달 전에 가져갔지만, 민정이 서랍과 책장을 정리하니 자잘한 물건들이 나왔다. 다이어리처럼 준호의 것이 분명한 물건도 있었고, 신혼여행지에서 샀던 기념품처럼 주인이 누군지 알 수 없는 것들도 있었다. 결혼식장에서 준호의 지인들이 남긴 방명록도 보였다.

커다란 쓰레기봉투를 사서 한꺼번에 내다 버리면 간단한 일이었다. 그러나 민정에겐 그 물건들을 하나하나 들여다보고 분류할 용기도 힘도 없었다. 예컨대 서랍 속에서 발견한 종이 한 장이 그랬다. 준호는 민정에게 프러포즈를 할 때 편지를 네 개 줬었다. 그들이 데이트할 때 자주 갔던 장소에 민정을 데려가서 하나씩 편지를 건넸다.

민정은 접혀 있던 종이를 펼쳐 보다가, 이것이 준호가 프러포즈 편지를 퇴고하던 종이였음을 깨닫는다. 가지런한 글씨, 썼다 지운 흔적.

"빨간 원피스를 입은 자기가 너무 아름다워서 함께 걸을 때 우쭐했어요."

"이곳에서 커피 마시던 자기 모습…."

"언제나 충실한 남편이 될 것이며…."

"나의 모든 것을 당신에게 드립니다."

민정은 종이를 방구석에 밀어놓았다. 그는 이런 물건들을 가지고 싶지도, 버리고 싶지도 않았다. 집으로 온 준호는 종이를 펼쳐 보고 말없이 배낭에 넣었다. 그는 가져갈 수 있는 것이라면 무엇도 버릴 생각이 없는 것 같았다. 결혼식장 방명록, 작년에 그들이 이탈리아를 여행할 때 샀던 버스 티켓 등등. 베란다 쪽 책장에 준호가 본가에서 가져왔던 보드게임 몇 개가 있었는데 그는 그것도 하나하나 챙겨 넣었다. 그는 원체 물건을 쉽게 버리지 못하는 성미였다. 한

때 민정은 작은 물건에도 애착을 쏟는 그가 다정한 사람 같아서 좋았다. 이제 민정은 그가 물건을 아끼듯 나를 소중하게 대했다면 오늘 같은 상황이 벌어졌을지 생각하면서 씁쓸하게 웃고 있다.

창문으로 부연 햇빛이 비쳤다. 준호는 베란다에 쪼그려 앉아서 보드게임 상자를 차곡차곡 포갰다. 민정은 이 모습을 몇 발짝 떨어져서 지켜봤다. 갑자기 아주 먼 미래에서 이 장면을 보는 기분이 들었다. 지금 민정의 눈앞에 있는 준호의 모습도 금방 과거가 될 것이다. 민정은 문득 준호가 가엾어졌다. 너는 얼마나 간절하게 내가 돌아오길 원할까. 이혼이라는 선택을 취소하고 다시 함께 살겠다고 말하기를 바랄까. 민정은 준호의 마음을 너무나 잘 알 것 같았다. 그러면서도 같이 살고 싶지 않다는 사실이 이상했다. 다시 준호와 함께 산다고 생각하면 어깨가 너무 무거웠다. 결혼 생활 중에는 한번도 그가 짐스럽다고 생각한 적이 없었는데, 헤어지기로 한 다음부터 민정은 자신의 몸이 너무나 가볍게 느껴졌다. 아무리 마음이 아파도 이 짐을 다시 지고 싶지 않았다.

준호가 짐을 다 챙길 무렵 건조기에서 빨래 건조

가 끝났다는 알림 소리가 울렸다. 준호는 자신이 하겠다며 건조기 안에 들어 있던 수건과 침대 시트를 꺼냈다. 그들은 같이 살면서 여러 번 함께 침대 시트를 씌웠다. 준호가 매트리스를 들고 시트를 씌우면, 민정은 시트가 말려들어 가지 않도록 다른 한쪽을 붙잡았다. 이제 그들은 마지막으로 함께 침대 시트를 씌우려 했다. 시트를 잡고 매트리스로 몸을 숙이는 준호의 모습을 보다가 민정은 울음을 터뜨렸다.

"왜 그래…."

준호는 민정을 보면서 묻다가 이내 통곡했다. 민정은 그에게 울지 말라고 다그쳤다. 둘이 같이 엉엉 우는 건 어린애들이나 하는 일이니까. 다 큰 어른들이 그러면 너무 웃기니까. 준호는 눈물이 그렁그렁한 얼굴로 시트를 마저 갈았다. 민정은 코를 풀면서 울음을 그치려 애썼다. 준호가 몸을 굽힐 때마다 왜 이렇게 가슴이 아픈지 도저히 이해할 수 없었다.

임신 중단

집에서 배우자인 준호와 함께 〈파도 위의 여성들〉[2]을 볼 때의 일이다. 아마 그때 처음으로 말한 것 같다.

"나도 임신 중단한 적 있어."

어쩌면 그때가 처음 말한 것이 아닐지 모른다. 이 이야기를 어떻게 나와 결혼한 남자에게 해야 할지 오랫동안 알 수 없었다. 마치 과거에 저지른 죄를 고백하듯

2 레베카 곰퍼츠가 설립한 단체 '파도 위의 여성들'의 활동을 담은 다큐멘터리. 이 단체는 임신 중단을 원하지만, 그것이 불법인 국가의 여성들을 배에 태워서 국제 수역으로 옮긴 후, 유산 유도약을 복용할 수 있도록 돕는다. 활동 직후 그들의 배는 일명 '낙태선'으로 불리며 정부와 언론의 공격을 받는다.

정색하며 얘기하는 것도 이상했다. 그렇다고 전에 먹어봤던 음식 얘기를 하듯 가볍게 꺼낼 수도 없었다. 결국 내가 택한 것은 스리슬쩍 흘리는 방법이었다. 2017년에 한국여성민우회의 낙태죄 폐지를 위한 사진 프로젝트를 볼 때도 그랬던 것 같다. 거실 컴퓨터 앞에 앉아서 민우회 홈페이지에 뜬 사진을 넘겨보는데 준호가 옆으로 다가왔다. 여성의 등에 "낙태가 죄라면 범인은 국가다"라는 문장이 쓰여 있는 사진 앞에서 나는 중얼거렸다.

"나도 어렸을 때 수술했어. 되게 옛날에."

내가 어떻게 말해야 할지 종잡을 수 없었던 것처럼, 준호도 어떻게 반응해야 할지 알 수 없었던 것 같다. 그는 내 말을 잠자코 들었다. 우리의 이야기는 금방 다른 화제로 넘어갔다.

〈파도 위의 여성들〉에서 레베카 곰퍼츠는 낙태죄 유지를 주장하는 사람들에게 둘러싸여서 여성의 목소리를 들으라고 소리친다. 준호가 그 모습을 보면서 '멋있다'라고 감탄했기 때문에 내 임신 중단 이야기를 다시 꺼낼 생각이 들었다. 이 장면이 먼 나라의 바다에서 벌어지는 남의 이야기가 아니라 네 옆에 앉아 있는 나,

나와 함께 살고 있는 너와 연결된 이야기라는 것을 분명히 하고 싶었다.

임신 중단 경험을 생각하면 하나의 장면이 먼저 떠오른다. 흰색 실 같은 먼지가 햇빛 속에서 천천히 떠다니는 모습. 먼 곳에서 자동차 지나가는 소리와 사람들의 목소리가 들렸다. 피 주머니에서 떨어지는 혈액이 링거 바늘을 타고 내 몸으로 흘러들고 있었다. 정신은 돌아왔지만 몸이 말을 듣지 않았다. 간호사는 나에게 수혈이 끝날 때까지 누워 있으라고 당부했다. 병원의 온돌방에 있는 사람은 나뿐이었다. 깨어나기 직전의 기억이 떠올랐다. 수술복을 입은 의사가 나에게 마스크를 씌워주며 숫자를 세라고 했다. 그 말을 듣자 더럭 겁이 났다. 어렸을 때 '너무 강인한 정신력' 때문에 마취가 되지 않는 여자의 의료 수기를 본 적이 있다. 나도 그러면 어쩌지? 불안이 무색하게도 숫자를 3까지 세기도 전에 의식이 사라졌다.

그때 내 나이는 열일곱 살이었다. 어른이 되려면 까마득한 시간이 남은 것 같았다. 아니, 어른이 될 수 있을지도 자신이 없었다. 내가 생각하는 어른의 삶이란 한마디로 '선택이 끝난 삶'이었는데, 나에게는 영영 그런 시간이 오지 않을 것 같았다. 자신이 무엇을 해야 할지 알고 실제로 행하는 삶. 거창한 일이 아니라도 좋았다. 아침에 눈을 뜨면 회사에 가고 저녁이 되면 집으로 돌아오고, 월급을 받아서 쌀을 사고 정기적으로 밥을 지을 수 있다면 충분했다. 어른들은 저마다 자신의 지도를 펼쳐 보며 길을 걸어가는 것 같았다. 그에 비해 나는 하루하루 답을 잘못 택하면 모든 것을 잃게 되는 문제지 속에서 살고 있었다. 이 문제를 잘 풀어내면 마침내 나도 어른의 삶을 살 수 있을까? 내 발밑의 땅이 무너질까 두려워하지 않고 발을 내디딜 수 있을까?

온돌방에 누워서 먼지를 바라보다가 내가 울었던가? 모르겠다. 만약 울었다면 통증에서 오는 서러움보다는 그리움 때문이었을 거다. 그때 내 머릿속에 떠오르는 사람은 한 여자였다. 나를 기다리고 있을 남자친구도, 내 어머니도 아닌 여자. 나는 그를 '랑 아줌마'라고 불렀다.

*

열두 살의 여름방학 첫날, 수영장에 가려고 신나게 길을 달려가다가 택시에 부딪쳤다. 전치 12주 진단을 받았고, 허벅지에 금속 고리와 굵은 심을 박는 수술을 했다. 사고가 났을 때 기절이라는 걸 처음 해봤다. 기절 직전의 아주 짧은 시간 동안은 눈앞에 보이는 모든 장면이 슬로모션으로 지나갔다.

랑 아줌마는 내 병상 옆자리를 쓰는 환자였다. 그는 여러 달 전부터 이곳에 입원해 있었다고 했다. 그는 서너 살 된 딸 '유나'와 함께 자동차 뒷자리에 앉아 있다가 사고를 당했는데, 사고 당시 유나를 감싸 안느라 온몸에 유리 조각을 뒤집어썼다. 워낙 작은 파편이 몸 전체에 박혀 있어서 한 번의 수술로는 다 빼낼 수도 없다고 했다.

랑 아줌마는 체구가 건장했다. 키도 크고 어깨도 넓었다. 얼굴엔 우둘투둘하게 부푼 흉터가 그물처럼 얽혀 있었다. 사고 후에 이목구비의 움직임이 자유롭지 않았던 탓인지 얼핏 보면 뭔가에 단단히 화난 것 같은 인상이었다. 나는 병상에 앉아 있는 그를 보면서 유럽 동화에 나오는 거인족을 떠올렸다. 그들은 무서운 외모와는 달리 따뜻하고 친절한 마음씨를 가졌고 어린이 친구를 좋아했다.

랑 아줌마는 손재주가 좋았다. 종이 한 장만 있으면 학과 거북이를 척척 접어냈다. 리본을 돌돌 말아서 장미꽃도 만들 줄 알았다. 나는 아줌마에게 이러한 기술을 하나하나 전수받았다. 그때 우리가 가장 심취했던 일은 기다란 종이로 엄지손톱만 한 정사면체를 만드는 것이었다. 우리는 그 정사면체를 '학알'이라고 불렀다. 랑 아줌마는 언젠가부터 점점 더 조그만 학알 만들기에 열중했다. 나중에는 바늘을 이용해서 새끼손톱만 한 학알을 만들다가 손 떨림이 멈추지 않아서 결국 약을 처방받았다.

또 하나 우리가 좋아했던 일은 함께 노래를 부르는 것이었다. 아줌마는 나에게 여러 가지 낯선 노래를 가르쳐 줬는데, 그중 지금도 기억에 남는 건 가수 양희은의 노래인 '작은 연못'이다. 처음 들었을 때 얼마나 무섭고 슬픈 기분이 들었던지. 랑 아줌마는 먼저 종이에 가사를 쓰고 그다음에 가사의 내용을 그림으로 그렸다. 우리는 연필로 슥슥 그린 그림을 가운데 놓고 마주 앉았다.

> 깊은 산 오솔길 옆 자그마한 연못엔
> 지금은 더러운 물만 고이고
> 아무것도 살지 않지만[3]

둘이 함께 목소리를 낮춰서 노래하고 있으면 깊은 숲속을 걸어가는 것 같았다. 병문안을 오는 사람들은 우리에게 말했다. 여자애 다리에 저렇게 흉터가 생겨서 어쩌냐. 유나가 엄마랑 떨어져 있어서 어쩌냐. 그래도 살아 있는 것만 해도 천운이다. 사람들의 우울한 표정이 도리어 당황스러웠다. 나는 괜찮았다. 그리고 랑 아줌마도 괜찮아 보였다. 적어도 함께 노래하고 학알을 접는 이 시간에는. 내가 입원해 있는 동안 아버지가 술만 마시면 동생을 쥐잡듯이 두드려 팬다는 이야기가 들려왔다. 엄마는 아무 일도 없는 척했지만 할머니가 와서 다 말해줬다. 나는 랑 아줌마와 함께 있는 것이 마냥 행복했다.

---

3 김민기 작사 · 작곡, '작은 연못'.

내 오리 인형의 이름을 지어준 랑 아줌마. 내 침대 옆에는 지금도 이 오리 인형이 있다.

"초뻔이라고 하자. 초록색이고 뻔뻔하게 생겼으니까."

"그렇게 이름을 막 짓는 게 어딨어요."

나는 웃음을 터뜨렸다. 그러다가 아줌마의 병상에 걸린 이름표를 보고 문득 깨달았다.

"아줌마는 이름에 '랑' 자가 들어가서 성격이 명랑한가 봐요!"

어느 날 랑 아줌마의 배우자와 딸이 다녀간 다음에 나는 물었다.

"아줌마, 아줌마는 초뻔이가 좋아요, 아니면 유나가 좋아요?"

"당연히 유나가 좋지! 유나는 사람이고, 내 딸이잖아."

"그런 게 어딨어요…."

"너도 초뻔이보다 너희 엄마가 좋잖아?"

"아니에요. 똑같이 좋아요."

그때 나는 사실 유나가 좋은지 내가 좋은지 묻고 싶었다. 그리고 랑 아줌마가 내 엄마보다 더 좋다고 말하고 싶었다. 하지만 솔직하게 내 마음을 말하면 인정머리 없는 애, 자기 엄마도 몰라보는 애라고 할까 봐 말하지 못했다. 랑 아줌마는 내 말의 속뜻을 짐작했을까?

랑 아줌마가 나보다 먼저 퇴원하게 되면서 우리의 관계는 멀어졌다. 아줌마는 물리치료를 받으러 병원에 와서 나를 만나고 갔지만, 환자복을 입지 않은 아줌마는 어쩐지 낯선 사람 같았다. 더 이상 동화 속 거인족이 아니라 인간 어른으로 보였다. 마지막으로 그를 만난 곳은 병원 대기실이었다. 엄마, 랑 아줌마, 나 이렇게 세 사람이 의자에 앉아 있었다. 엄마와 랑 아줌마는 이런저런 이야기를 나눴다. 내가 끼어들 수 있는 화제가 없었을뿐더러, 어른들의 이야기에 아이가 끼어드는 건 버릇없는 일이라고 배워왔기 때문에 나는 입을 꾹 다물고 있었다. 우리가 함께 놀 수 있는 시기가 끝났다는 생각이 들었다. 병원을 나서는 랑 아줌마를 별다른 아쉬움의 표현도 없이 배웅했다. 최대한 아무렇지도 않은 척하는 것. 얼마나 보고 싶었는지 말하지 않는 것. 어떻게 하면 다시 만날 수 있을지 묻지 않는 것. 그런 태도가 괴로운 상실감으로부터 나를 지킬 수 있는 방법이라 믿었다.

*

2018년에 헌법재판소 앞에서 낙태죄 폐지를 촉구하는 1인 시위가 이어졌다. 점심시간에 30분씩 서 있을 참가자를 모집한다 해서 나와 준호는 명단에 함께 이름을 올렸다. 우리는 정해진 날짜에 지정된 장소로 가서 피켓을 챙기고, 헌법재판소 정문으로 이동했다. 12월 치고는 따뜻한 날씨였지만 30분 동안 한자리에 서 있으니 발이 시렸다. 헌법재판소 정문을 사이에 두고 맞은편엔 기독교 단체에서 나온 이들이 태아 사진이 덕지덕지 붙은 피켓을 들고 있었다. '낙태는 살인이다'라고 쓰인 피켓 맞은편에 서서 '낙태죄는 위헌이다'라는 피켓을 들고 있으니, 갑자기 이 모든 행위가 장난 같았다. 저 사람들은 자기가 들고 있는 문장을 진심으로 믿을까? 무언가를 진심으로 믿는다는 것, 나의 신념을 주장한다는 것이 얼마만큼의 각오를 요구하는 일인지 그들은 알까? 물론 알 수도 있겠지. 진짜로 임신 중단은 살인이므로 낙태죄가 반드시 유지되어야 한다고 생각할 수 있겠지. 나는 맞은편의 피켓을 보며 타인의 고통을 이해할 필요 없는 삶이 얼마나 안온할지 상상했다. 서서히 달궈지는 냄비 속의 개구리처럼 따뜻하고 편안한 느낌이겠지.

2019년 4월 헌법재판소는 낙태죄 헌법불합치를 선고했다. 나와 준호는 지인들과 축하 메시지를 주고받았다. 몇몇 가까운 이들에겐 우리가 1인 시위를 했던 사진을 보내기도 했다. 같은 사진이었지만 돌아오는 반응은 달랐다. 나에게는 '기쁘다, 함께 축하하자'라는 대답이 오는데 준호에게는 '멋지다, 대단하다'라는 말이 돌아왔다. 기분이 찜찜했다. 같은 문제를 두고 같은 발언을 해도 같은 반응이 돌아오지 않는 일은 이때 말고도 여러 번 있었다. 예컨대 결혼한 다음에 내가 '아주버님, 형님, 도련님, 아가씨' 같은 성차별적인 가족 호칭을 고쳐야 한다고 얘기하면 '터무니없는 생각이다' 혹은 '뜻은 좋지만 말하는 방식이 틀렸다' 등의 반응이 돌아왔지만, 준호가 그렇게 말하면 생각이 유연하고 깨어 있는 남자라고 박수를 받는 식이었다.

사진 속에서 피켓을 들고 있는 그와, 스마트폰 뉴스 기사의 스크롤을 내리는 그를 번갈아 바라봤다. 천진한

옆얼굴을 보고 있자니 문득 그의 목에 칼을 들이대고 싶었다. 물론 그는 나의 말과 행동을 항상 지지하니까, 낙태죄 폐지 시위도 함께 했으니까, 식칼은 아니고 빵칼 정도만 대도 내 기분이 풀릴지도 몰랐다.

> 동거를 하든 낙태를 하든 좋다. 단 결혼한 사람에게는 숨기지 마라. 떳떳하면 감출 이유가 뭐냐? 자신의 행동에 책임을 져라.

책임을 진다는 것은 자신의 경험을 말하는 걸까? 단지 말하는 것만이 아니라 '고백'하는 걸까? 어떤 경험이 고백의 대상이고, 또 어떤 경험이 고백 대상이 아닌가? 나와 결혼하는 사람은 나의 이야기를 얼마만큼 알 권리가 있는 걸까?

> 입장 바꿔서 생각해봐라. 네가 결혼할 남자가 과거에 어떤 여자를 임신하게 했던 적이 있다면 너는 몰라도 상관없냐?

물론 어떤 정보든 모르는 것보다 아는 것이 좋다.

하지만 상대방이 말하고 싶지 않다면 나는 그 선택을 존중할 텐데. 무엇보다 이건 불공정한 판에서 이뤄지는 질문이다. 남자의 '과거'와 여자의 '과거'가 동일한 무게를 가진 적이 있던가? 한 여자를 알려고 할 때 그의 얼굴 대신 그림자를 들여다보는 이들이 얼마나 많은가.

모든 것을 솔직하게 밝히고 그에게 선택권을 줘야지.

도대체 무엇을 선택할 권리? 임신 중단 경험이 있든 없든 나라는 사람은 똑같고, 내 친구들은 이 이야기를 듣는다고 해도 똑같이 나와 친구로 지낼 텐데, 나는 그걸 조금도 의심하지 않는데 어째서 결혼할 상대에게는 나와 함께할지 아닐지 선택할 권리를 줘야 한다는 말인가?

알리지 않는 건 사기 치는 거야.

임신 중단이라는 건 빚이나 유전병처럼 공유해야 하는 정보에 포함되는 걸까? 하지만 빚이나 병과 달리 내 경험으로 인해 그가 감당해야 하는 몫이 하나라도 있는가?

2018년 겨울, 한국여성민우회의 송년회 뒤풀이에 갔다가 낙태죄 폐지 사진 프로젝트의 작가인 혜영을 만났다. 술에 취했는지 내 입에서 말이 줄줄 흘러나왔다.

"사진이 너무 좋았어요. 저는 예전에, 사실 최근까지도 걱정했거든요. 배우자가 아닌 다른 사람 때문에 임신한 적이 있다고 하면 왠지 내가 더럽혀진 사람인 것 같아서. 더러운 여자인 것 같아서."

혜영 작가가 흠칫 눈썹을 찡그렸다. 더러운 여자. 내 입에서 나온 처절할 정도로 진부한 단어에 자신도 놀랐다. 당황스러우면서도 한편으로는 내 안의 깊은 곳에서 항상 그 말이 떠돌아다녔다는 생각이 들었다.

나는 주관적이고 개인적으로는 그렇지 않지만, 객관적이고 사회적으로는 더러운 여자가 아닐까? 결혼 시장에서 자신의 상품 가치를 속인 사기꾼이 아닐까?

임신 중단 수술 직후에 깨어났을 때 나의 전 존재를 사로잡은 건 요의였다. 오줌이 마렵다는 감각. 나는 마취 때문에 제대로 움직이지 않는 팔다리를 버둥거리며 간호사를 찾았다. 내 소리를 들은 건지 들여다볼 때가 되었는지 한 사람이 다가왔다. 마른 입술 밖으로 간신히 목소리가 나왔다.

"오줌 누고 싶어요. 오줌 눠도 돼요?"

간호사는 안 된다고 대답했다. 그는 피 주머니의 혈액이 내 팔로 잘 들어가고 있는지 링거 줄을 살펴본 다음에 떠나갔다. 나는 애써 몸을 일으켰다. 눈앞의 세상이 빙글빙글 돌았다. 링거 거치대 바퀴를 밀며 천천히 발을 뗐다. 누군가와 함께 병원으로 오는 게 나았을까? 다시 한번 생각해도 아니었다.

당시에 나는 고등학교를 자퇴하고 남자친구와 함께 살고 있었다. 나와 비슷한 또래였던 남자친구 역시 가족과의 갈등 때문에 집에서 뛰쳐나온 상황이었다. 그때 내가 청했다면 그는 얼마든지 병원에 함께 왔을 것이다. 하지만 나는 혼자 가기를 고집했다. 원치 않는 임신을 한 미성년자. 평균의 삶에서 낙오한 존재. 옷도 초라하고 머리 모양도 엉망이고 공부도 못하고 미래도 없는 십 대. 그게 사실이라고 해도 이 통념에 속하고 싶지 않았다. 누군가 나를 뻔한 서사의 일부라고 생각하며 동정하도록 내버려두고 싶지 않았다.

화장실 변기에 힘겹게 걸터앉아서 오줌을 누려고 하자 통증이 밀려왔다. 오줌은 나오지 않았다. 나는 배를 감싸고 끙끙거리다가 다시 방으로 돌아왔다. 창가의 햇빛 속에서 새하얀 먼지가 떠돌아다녔다. 더없이 천진하고 느긋한 움직임이었다. 내가 누워 있는 자리는 바깥세상과 아무 상관 없는 장소 같았다.

*

교통사고 후에 입원한 종합병원에서는 1-2주에 한 번씩 간호사가 책이 실린 카트를 밀며 입원실을 돌아다녔다. 병원 사람들은 이 카트를 다소 거창하게 '이동도서관'이라고 불렀다. 카트 안에는 내 흥미를 끄는 책이 많지는 않았지만 직접 책을 고를 수 있다는 것만 해도 너무나 기뻤다. 병실에서 생활하는 내내 얼마나 도서관에 가고 싶었는지 모른다.

카트의 책은 대부분 의료 수기였다. 큰 병을 앓거나 사고를 당한 사람이 이를 악물고 무언가를 성취해 내는 이야기. 내 눈에는 모두 어둡고 지루한 이야기로 보였다. 그러던 어느 날 카트 안에서 날아갈 것처럼 환한 분홍색 책을 발견했다. 제목은《소라의 맵시》. 첫 장을 펼치자 각양각색의 옷을 입고 활짝 웃는 여자아이 그림이 나왔다.

> 7월에는 반바지를 입고 스니커즈를 신어요
> 바캉스 갈 때는 긴 리본이 달린 밀짚모자를 써 봐요
> 머리빗에 향수를 조금 묻혀서 머리를 빗으면
> 종일 향기가 나요

나는 '소녀답고 어여쁘게' 옷 입는 법을 이야기하는 이 책에 푹 빠졌다. 다리에 철심을 박고 환자복을 입고 산 지 여러 주째였다. 나에게 이 책의 문장들은 잊고 있었던 달콤한 세계를 떠올리게 했다. 병원에 있다 보니 이런 세계를 동경했던 또래집단에서의 기억마저도 아득했다. 랑 아줌마는 나에게 또《소라의 맵시》를 보고 있느냐고 물었다. 나는 어쩐지 부끄러워서 '몇 번 안 봤어요'라고 중얼거렸다. 랑 아줌마는 그림 속의 소라가 입은 길고 풍성한 치마를 가리키며 말했다.

"별거 아니네. 나도 이런 옷 만들 줄 알아."

"진짜요?"

"그럼. 이런 치마 정도는 만들지. 집에 있을 땐 식탁보랑 커튼도 내가 다 만들었어."

"손으로요?"

"미싱으로."

아파트 거실에서 재봉틀을 돌리는 랑 아줌마의 모습이 눈에 선했다. 아저씨는 회사에 가고, 유나는 어린이집에 가고, 랑 아줌마는 혼자 집에서 커튼을 만들겠지. 창문으로 햇빛이 들어오고 차르르 차르르 재봉틀 돌아가는 소리가 거실에 흐르겠지. 자신이 마음 놓고 사랑할 수 있고, 자신을 한껏 사랑해 주는 사람들과 함께하는 일상. 나는 한숨을 내쉬었다.

"아줌마, 나도 아줌마처럼 살고 싶어요."

랑 아줌마는 가볍게 대답했다.

"살면 되지."

*

2019년 KBS 시사예능 프로그램 〈거리의 만찬〉은 두 회에 걸쳐서 낙태죄를 주제로 하는 방송을 내보냈다. 세 명의 출연자가 방송에 나와서 자신의 임신 중단 경험을 이야기했다. 어떤 모자이크 처리도, 음성 변조도 없었다. 그 모습을 보고 있으니 꽉 막힌 방 안으로 신선한 공기가 밀려드는 것 같았다. 이럴 수도 있는 거구나. 당연히 이럴 수 있는 건데, 왜 이제까지는 임신 중단한 여자가 텔레비전에 나와서 자기 이야기를 하지 못했던 걸까? 이 방송을 컴퓨터로 볼 때 내 옆자리에 준호가 앉아 있었다. 준호는 화면에 시선을 고정한 채로 말했다.

"자기도 너무 힘들었겠다."

모니터에 여성들이 낙태죄 폐지 집회에서 소리치는 장면이 나왔다. 뭐라고 콕 집어 말할 수 없지만 기분이 나빴다. 왜 기분이 나쁜지 정확하게 알 수 없어서 건조하게 대답했다.

"뭐, 그렇지."

한참이 지나도 좀처럼 불쾌감이 사라지지 않았다. 네가 뭘 안다고 그래. 너는 네가 임신할까 봐, 네 몸으로 원하지 않는 일을 겪어낼까 봐 걱정해본 적 없잖아. 앞으로도 그럴 거잖아. 네가 아무리 나와 결혼했다고 해도, 우리가 남편과 아내라고 해도, 너는 여기에 있고 나는 저기에 있잖아.

"너무 힘들었겠다"라고 말하는 준호에게 고마움을

느껴야 하는 걸까? 과거의 임신 중단 경험을 듣고도 아내를 비난하지 않는 남편에게 감사해야 하는 걸까? 이런 남자 어디에도 없다고 만족해야 하는 걸까? 만약 내가 "너무 힘들었겠다"라는 남편의 말을 듣고 기분이 나빴다고 인터넷 커뮤니티 게시판에 쓰면 사람들은 이렇게 말할 것 같았다. 미쳤냐고, 위로해줘도 불만이냐고, 이렇게 이상한 여자랑 사는 남편이 불쌍하다고. 준호와 나 사이의 거리가 너무 멀어서 화가 났다. 우리가 낙태죄 폐지를 놓고 뜻을 같이하건, 같은 것을 바라며 함께 싸우건, 사회가 멀찍이 떨어뜨려 놓은 거리를 개인의 의지로 좁힐 수는 없었다. 나만 벌 받잖아. 나만 수술대에 눕잖아. 네 몸은 겪지 않고 내 몸만 겪는 일이잖아. 너는 이 두려움을 앞으로도 영원히 느낄 수 없잖아.

*

준호와 수민의 외도 사실을 알았을 때 나는 툭 내뱉듯 물었다.

"피임은 했니?"

"아니."

그는 시선을 피하며 말했다. 더 이상 거짓말할 기력이 없기 때문에 솔직하게 고백하는 걸까? 혹은 그가 얼마나 콘돔을 쓰기 싫어하는지 내가 알기 때문에 둘러대지 못하는 것 같기도 했다. 그는 늘 말했다. "콘돔을 하고 있음 정육 공장의 소시지가 되는 것 같아." 나는 이를 악물고 되물었다.

"임신하면 어쩌려고 그랬어?"

"임신 안 해."

"그걸 어떻게 알아? 네가 어린애야? 어떻게 이 나이 먹어서 피임도 안 하고 섹스를 할 수 있어? 아니면 애라도 낳고 싶었니?"

"아니야. 그 사람이 약을 먹든가 했겠지. 그 사람이 나한테 자자고 했으니까 피임도 알아서 했을 거라 생각했어."

"물어봤어? 피임 얘길 해봤냐고."

"아니…."

준호가 수민과 성관계를 했다는 사실보다 피임을 대수롭지 않게 생각했다는 것이 더 충격적이었다. 낙태죄 폐지 1인 시위를 하는 그의 사진을 보고 지인들이 '멋진 남자'라고 칭찬했던 기억이 머릿속을 스쳐갔다.

준호는 계속 주절거렸다.

"임신 안 된다니까. 그 사람은 나이도 많고…"

나는 버럭 소리쳤다.

"무슨 소리야? 우리 다 삼십 대잖아!"

그의 말을 들을수록 '임신'이 그의 삶에 한 번도 무게를 가진 적이 없는 문제라는 것이 실감 났다. 그는 단지 진보적인 가치로서 낙태죄 폐지를 주장했을 뿐이었고, 실제 그의 삶에 임신이라는 가능성이 끼어들었을 때는 아무런 공포도 불안도 느끼지 않았다. 그는 고작해야 성감을 북돋우려고 콘돔을 쓰지 않을 만큼 태평한 세상에 살고 있었다. 내가 오래전의 임신 중단 경험을 되짚으며 아내로서 떳떳한가 고민하는 동안, 그는 콘돔 없이 혼외 성관계를 하고 있었던 것이다. 아마도 그는 겨울날 피켓을 들고 법원에 서 있는 자신의 모습이 만족스러웠으리라.

〈파도 위의 여성들〉에서 한 여성은 미프진을 삼키고 활동가에게 메시지를 보낸다.

"이렇게 외로웠던 적은 처음이에요."

이 문장이 모니터에 뜨는 순간 목이 메었다. 배를 감싸며 병원에 누워 있던 열일곱 살의 내가 얼마나 외로웠는지 준호는 꿈에도 알 수 없을 것이다.

돌이켜 보면 어렸을 때 상상했던 랑 아줌마의 삶은 내가 그토록 갈망했던 행복한 가정에 대한 환상이었다. 사실 랑 아줌마는 같은 병실에 입원한 어른 환자들과 이야기할 때면 시가 사람들의 등쌀이 여간이 아니라고 한탄하곤 했는데, 그때 나는 그런 이야기를 잘 이해하지 못했다. 나에겐 랑 아줌마의 삶이 마냥 안온하고 안전해 보였다. 임신 중단 수술 후에 랑 아줌마를 떠올릴 때도 내 마음속에 떠도는 질문은 이것이었다. 언젠가는 나에게도 커튼을 만드는 평화로운 오후가 올까?

그러나 내가 꿈꿨던 안전한 오후는 어디에도 없었다. 최소한 한국 사회에선 그랬다. 여성과 남성의 권리가 동등하지 않은 곳에서 사랑은 너무나 쉽게 굴욕감으로 바뀌었다. 준호에게서 피임을 하지 않았다는 말을 들었을 때 나는 분노보다 허탈한 감정을 더 크게 느꼈다. 언제나 준호와 나 사이의 거리가 멀다고 생각했는데 이 생각조차 얼마나 순진한 것이었던가. 우리가 생애 공동체를 이루어서 산다는 믿음은 처음부터 끝까지 허상이었다.

마음의 경련

사거리 횡단보도 앞에서 신호를 기다리다가 건너편 길에 서 있는 사람을 보는 순간 민정의 가슴이 내려앉는다. 어두운 녹색 패딩 점퍼, 파마해서 뒤로 넘긴 머리 모양, 어깨를 조금 움츠리고 서 있는 자세. 멀리서 보이는 실루엣이 준호와 똑같다. 하지만 저 사람이 준호일 리 없다. 녹색 패딩 점퍼는 그가 오래전에 입던 옷이다. 그들이 헤어지기 한참 전 옷장 정리를 할 때 그 패딩 점퍼를 버렸다. 준호가 파마를 했던 것도 예전 일이다. 그들이 함께 살았던 마지막 1년여 동안 준호는 두피에 뾰루지가 생길까 봐 파마를 하지 않았고 샴푸도 순한 것만 골라 썼다. 맞은편 길에 있는 사람은 민정이 마지막으로 만난 준호가 아니라, 더 오래전에 알던 그의 모습과 비슷하다. 그들이 서로 사랑했던 시기, 계속해서 함께 살 거라고 한 점의 의심 없이 믿었던 나날에 민정의 눈앞에 있던 그의 모습이다.

민정은 신호를 기다리지 않고 다른 길로 돌아가려고 걸음을 옮긴다. 저 사람 곁을 스쳐갈 자신이 없다. 준호가 아니야. 착각이야. 닮은 사람일 뿐이야. 내가 찾는 사람은 이제 현실에 없어. 아무리 타일러도 민정의 마음은 비명을 지른다. 저기 있잖아. 저기 있어. 저 사람 가까이 가고 싶어. 민정은 달아나듯이 걸음을 재촉한다. 자신을 계속 설득해도 마음속 목소리는 쉽게 사라지지 않는다. 받아들일 수 없어. 어떻게 있다가 없어질 수 있어? 내가 이렇게 사랑하는 모습인데 왜 사라지는 거야?

그것이 현실이야. 그것이 현실이지.

어느 날 새벽, 민정은 누군가가 뺨에 가만히 손을 대는 느낌에 놀라서 깨어난다. 누가 내 옆에 있었나? 그였나? 방 안의 어둠을 멍하니 보며 기억의 조각을 더듬는다. 준호와 함께 살다가 헤어졌잖아. 이혼 서류를 접수하러 둘이서 법원에 갔잖아. 퍼즐을 하나씩 맞추는 중에도 자신이 잠들어 있는 곳이 어디인지 혼란스럽다. 민정은 이곳이 그들이 함께 살던 집이라고 착각한다. 이혼하기로 했지만 아직은 새집을 찾지 못해서 여기에 혼자 지내고 있다고. 방문을 열고 나가면 거실에 우리의 물건이 그대로 있다고. 그는 몇 개의 조각을 더 맞춘 다음에야 깨닫는다. 아, 그 집을 떠나왔지. 이사한 지 벌써 1년이 다 됐어. 우리의 관계는 끝났어, 돌이킬 수 없이. 그러나 퍼즐 조각을 모두 맞춰도 민정의 뺨에 닿았던 감촉은 지워지지 않는다.

이것이 현실이라고 자신을 설득할 때면 마음이 만질 수 있는 기관 같다. 터무니없이 작은 신발에 발을 욱여넣고 걸을 때처럼, 분홍색 살덩어리가 뒤틀리며 울부짖는다. 이렇게 생생하게 온기를 느끼는데 아무도 없다고? 이 모든 감각이 착각이라고? 민정은 침대에 웅크리고 누워서 마음의 경련이 지나가기를 기다린다.

남편

안녕, 준호. 우리가 함께 마지막으로 갔던 여행지는 이탈리아였어. 3년 전 신혼여행 이후 두 번째로 이탈리아에 가는 것이었지. 나는 너와 다시 한번 로마의 거리를 걷고 싶었어. 과거에는 너만 나를 보고 있었다면, 이제는 나도 너를 볼 수 있을 것 같았거든.

신혼여행 때의 나는 한마디로 제정신이 아니었어. 미래에 대한 꿈에 부푸는 한편, 이제까지의 내 삶과 작별하는 감상이 밀려와서 금방이라도 눈물을 터뜨릴 것 같았어. 인파와 불빛으로 가득한 로마의 거리는 내 격렬한 감정 상태에 잘 어울리는 배경이었어. 나보나 광장에서 스페인 계단까지 걸어가는 내내 너는 나에게서 눈을 떼지 않았어. 귀찮도록 내 사진을 찍어대고, 쉴 새 없이 나에게 입을 맞추던 네 모습이 기억나. 우리는 누가 봐도 사랑하는 커플이었어. 내 정신이 자꾸 어디론가 달아나는 느낌 외에는 모든 것이 전형적인 상황이었어. '집중해, 다시는 돌아오지 않을 순간이야.' 나는 속으로 되뇌었어. 무엇이 그토록 내 혼을 빼놨던 걸까? 나는 그때 너무 많은 것들을 한꺼번에 바꾸어야 한다고 생각했는지 몰라.

결혼은 내 삶을 송두리째 뒤흔드는 사건이었어. 내가 평생 원했던 안온한 가정을 이룰 수 있을지도 모른다는 희망이 마침내 손에 잡히려는 것 같았거든. 언제나 보통의 삶에 미달한다고 생각했던 나에게 결혼은 정상 궤도로 단숨에 들어가는 치트 키 같았어. 나는 결혼을 기점으로 전혀 다른 사람이 되리라 다짐했어. 이제부터 내가 미워하고 경멸했던 원가족들을 용서해야지. 주변의 친구들이 가족들에게 하듯이 안부를 묻고 기념일을 챙겨야지. 네 어머니와 아버지 앞에서도 사랑스러운 '새아기'가 되어야지. 너의 가족은 자상하고 온화한 사람들이니까, 그들과 나는 세상에서 얘기하는 '시월드' 서사 따위는 비웃어줄 수 있을 정도로 죽고 못 사는 사이가 될 테야. 언젠가는 너와 나 사이에 아이가 생기겠지. 주말이 되면 아파트 거실에서 함께 노래를 불러야지. 우리가 제멋대로 지어서 부르곤 했던 '카레는 카레 맛' 노래를. 일요일 오후에 너와 아이가 노래하는 모습을 보면, 그때쯤엔 나도 믿을 수 있겠지. 마침내 내가 있을 곳을 찾았다고. 이제는 마음을 다 놓고 여기에 머물러도 된다고.

*

두 번째 여행에서 우리는 로마 공항에 내려 시내까지 가는 기차를 타려 했다. 나는 준호에게 차표 사는 것을 부탁했다. 그는 나보다 영어도, 이탈리아어도 잘했으니까 창구에서 티켓을 사는 것 정도는 대수롭지 않은 일로 여겼다. 하지만 그는 내 요청을 듣자마자 얼굴을 구겼다.

"좀 힘드네. 앞으로 내가 의사소통을 다 해야 하는 거야?"

"무슨 소리야? 우리 방금 이탈리아에 도착했어. 내가 이전까지 자기한테 뭐 부탁한 거 있어?"

"나도 피곤해."

"됐어. 내가 다 할게."

창구로 걸어가는 나를 보고 그가 뒤따라왔다. 아마 그가 차표를 샀을 것이다. 우리는 캐리어를 끌고 기차에 올라탔다. 오래전 신혼여행지를 고를 때 유럽으로 신혼여행을 가면 반드시 싸운다는 얘기를 들었다. 둘 다 결혼식을 치르느라 지친 상태에서 관광을 다니다 보면 다투게 된다는 것이었다. 신혼여행을 떠나기 전에 나는 다짐했다. 절대 안 싸워야지. 귀한 시간을 싸움으로 보내고 싶지 않아. 기분이 상하는 일이 생겨도 이번만큼은 내가 다 참아야지. 정말로 신혼여행 때 우리는 한 번도 싸우지 않았고, 내 기분이 상하는 일도 없었다. 그런데 이번엔 공항에 내리자마자 싸우다니. 준호의 맞은편에 앉아 있을수록 점점 비참한 기분이 들었다. 만약 네가 아니라 다른 사람과 왔다면 어땠을까? 내 친구 A나 B와 함께 왔다면? 누가 내 앞에 있어도 지금보다 기분이 나을 것 같았다. 아니, 지금쯤 들떠서 쉴 새 없이 말하고 웃음을 터뜨리고 있었겠지. 나는 준호에게 물었다.

"만약 내가 아니라 다른 사람이 부탁했다고 해도

자기가 똑같이 말했을까? 자기 친구가 같이 여행 와서 표 사는 걸 도와달라고 했다면 기분 나쁠 것 같아?"

"그건 아니지."

"그런데 나한테는 왜 그래? 나한테 뭘 해주는 건 왜 화가 나?"

"그냥 좀 혼란스러워. 자기는 평상시엔 여자와 남자가 평등하다고 하면서 필요할 때만 나한테 의지하는 것 같아서."

우리는 더 말하지 않았다. 나는 덜컹거리는 기차 소리에 귀를 기울였다. 창밖으로 푸른 들판과 작고 허름한 집들이 지나갔다.

한국에 있을 때는 우리의 결혼 생활이 공연 같다고 생각했다. 수많은 비평가로 둘러싸인 무대에서 벌어지는 공연. 그 비평가는 준호의 원가족이기도 했고, 그의 주변 친구나 지인이기도 했다. 그뿐만 아니었다. 결혼 후 가족 내에서 벌어진 싸움을 글로 쓰고 책으로 낸 다음에는 한국 사회 전체가 나의 결혼 생활을 평가한다는 생각이 들었다. 내가 시가 구성원들에게 무엇을 잘했고 무엇을 잘못했는지, 이 싸움 안에서 누가 착한 사람이고 나쁜 사람인지 평하는 말들을 들으면서 나는 상당히 지쳐 있었던 것 같다. 당시에는 지친 줄도 몰랐지만 돌이켜 보니 그렇다. 그 피로감은 사생활과 공적 영역의 경계가 사라지는 데서 오는 감각이었다. 주변의 누구에게도 이 기분을 설명할 수 없었다. 다른 누구도 아닌 내가 글쓰기를 선택했으니까 이 피로감 역시 내가 감당해야 할 몫이라고만 생각했다.

첫 책이었던《나는 당신들의 아랫사람이 아닙니다》가 나오고 몇 주 후, 준호의 부모님을 만나는 자리에 책을 가지고 갔다. 가족 안에서 일어난 일을 글로 쓰고 있다고 이미 이야기해 놓았고, 준호의 어머니는 내가 출간 전 온라인에 연재했던 글을 이미 읽은 터였다. 그래도 책을 선물하려니 긴장됐다. 내 이야기를 결코 들으려 하지 않는 사람들에게 다시 한번 가장 취약한 마음을 다 드러낸 채로 손을 내미는 기분이었다. 나는 그들에게 선물할 책 속표지에 이렇게 썼다.

'사랑과 슬픔, 희망을 담아. 민정 드림.'

그들이 내 마음을 알아봐 주길 바랐다.

식당에서 함께 밥을 먹은 다음 카페에 갔을 때 준호의 아버지가 먼저 책이 나왔는지 물었다. 나는 이때다 싶어서 책을 내밀었다. 준호의 아버지는 여느 물건과 다르지 않은 선물을 받은 것처럼 미소 지을 뿐 큰 반응은 없었다. 준호의 어머니는 말했다.

"네가 전에 우리 가족 사이에서 있었던 일을 책으로 쓰고 있다고 했을 때 큰일났구나 했는데, 다시 생각해 보니까 그게 뭐 큰일인가 싶더라고. 잘 읽을게. 다음에 다 같이 독후감 얘기하는 모임 할까?"

그 말에 가슴이 뿌듯하도록 기뻤다. 역시 내가 관계에 기대를 걸 만한 사람들이었어. 계속 손을 내민 보람이 있어. 함께 외식을 했던 날은 우리 부부가 이탈리아 여행을 떠나기 일주일 전이었다. 준호의 어머니는 한사코 말려도 용돈이 든 봉투를 내 손에 쥐여주며 재미있게 놀다 오라고 말했다.

열흘 간의 여행에서 돌아왔을 때 준호의 어머니와 아버지의 태도가 달라져 있었다. 잘 다녀왔다고 전화를 걸자 여느 때와 다른 말투의 대답이 돌아왔다. 애써 무뚝뚝한 태도를 취하느라 어색한 말투. 처음에 준호와 나는 그저 착각이라고 생각했다. 그런데 날이 갈수록 두 사람의 퉁명스러운 태도가 눈에 띄게 두드러졌다. 준호는 아무래도 이상하다며 어머니와 아버지에게 따로 식사를 하자고 청했다. 식사 자리를 마치고 집으로 돌아온 날 준호는 말했다. 어머니, 아버지, 자신, 이렇게 셋이 식당에 가서도 입을 여는 사람이 하나도 없었다고. 무슨 일이 있느냐고 물어도 한숨만 쉬면서 입을 닫고 있는 모습에 자신도 화가 나서 묵묵히 밥만 먹었다고. 결국 나중에 준호는 모두와 언성을 높였다고 한다.

"대체 왜 그래요? 집에 무슨 일 있어요? 아니면 민정이 책 때문에 이러는 거예요?"

준호의 어머니는 대답했다.

"너도 다 아네. 그러면서 뭘 묻니?"

준호의 아버지는 말했다.

"민정이가 책 쓴다고 했을 때는 진지하게 뭘 하나 보다 생각했는데, 또 호칭 얘기를 하는 거 보고 실망했다."

"책 읽어보긴 했어요?"

"아니. 내가 읽을 필요도 없어. 안 읽어도 무슨 얘긴지 다 안다."

준호에게서 이야기를 들었을 때, 나는 이들의 반응을 쉽게 이해할 수 없었다. 카페에서 만났을 때와 지금의 태도가 바뀐 이유가 뭐지? 그때는 괜찮았는데 집에 가서 생각해 보니까 화가 났나? 여러 달 전부터 책 쓰는 것도 알고 있었고, 온라인에 연재한 글도 다 봤는데 새삼스레?

나중에 들은 이야기에 따르면 그의 어머니와 아버지는 가족 안에서 벌어진 싸움이 외부에 낱낱이 알려져서 크게 스트레스를 받았다고 한다. 이 이야기가 책으로 나올 때는 소설의 형식을 빌리든 어쩌든 변형될 줄 알았지, 이렇게 자세하게 기록될 줄은 몰랐다는 것이었다. 나는 이들의 반응을 이해할 수는 있었지만, 한편으로는 또 다시 화가 나는 감정을 억누를 수 없었다. 사람들에게 알려졌을 때 그토록 당혹스럽고 부끄러울 말과 행동을, 어째서 내 앞에서 할 때는 아무 거리낌이 없었던가? 《나는 당신들의 아랫사람이 아닙니다》는 내 분노를 담아서 쓴 이야기이지만, 한편으로는 사랑의 이야기이기도 했다. 다른 이들은 몰라도 이 사건을 함께 겪은 당사자는 알 거라 믿었다. 나는 그때까지 그들의 독해력을 신뢰했던 것이다.

그만두자. 모든 관계가 내 뜻대로 되는 건 아니지. 처음엔 준호의 어머니와 아버지에게 절연을 선언하는 편지를 써야겠다고 생각하다가 며칠이 지나자 그것도 우스꽝스럽게 여겨졌다. 어떤 관계에서는 멀어지는 시간이 필요한지도 몰랐다. 그러다가 서로의 삶에서 영영 지워질 수도 있고, 세월이 새로운 사건을 가져와서 우리 삶의 지형이 바뀌면 어느덧 다시 가까워질 수도 있고. 이제 어떻게 되든 상관없었다. 나는 그의 가족들에게 더는 아무 의지도 갖고 싶지 않았다. 관계를 이어나가려는 것도 끊으려는 것도 의미 없는 일로 보였다.

돌이켜 보면 그때 마음이 많이 아팠다. 준호에게서 이야기를 전해 들었을 때는 고작해야 "너무 화난다"라는 말밖에 하지 못했지만. 내가 준호의 어머니와 아버지의 애정을 얼마나 원했는지 과거엔 나조차도 내 마음을 다 몰랐다. 결혼하기 전 준호의 어머니와 아버지를 만나서 시간을 보낼 때면 나는 가슴이 녹는 것 같은 안도감을 느끼곤 했다. 그들이 준호를 보는 표정은 한없이 부드럽고 다정했다. 사실 그들의 사랑은 내가 아니라 준호를 향한 것이었지만, 우리가 부부가 된다면 나에게도 그 사랑의 온기가 스며들 것 같았다. 준호, 어머니, 아버지 세 사람이 함께 둘러앉아서 다정하게 이야기하는 모습을 보고 있으면 내가 평생 찾아 헤맨 가족이 여기 있다는 생각이 들었다. 드디어 내가 사랑할 수 있는 엄마와 아빠를 만났어. 바로 당신들이었어. 아마 준호의 어머니와 아버지는 내 마음의 열기를 이해할 수 없었을 것이다. 100% 순도의 애정이 쏟아지지 않으면 괴로워서 울부짖는 내 마음을, 내가 평생 안고 있었던 결핍에서 솟아오르는 열망을 짐작조차 하기 어려웠을 것이다. 어찌 됐건 그들과 나는 시부모와 며느리라는 관계로 만난 사람들이니까.

*

우리가 함께 살던 마지막 1년여 동안 준호는 나에게 이렇게 호소하곤 했다.

"예전에 자기가 '당신 주위엔 좋은 사람들만 있다'라고 말했던 거 기억나? 그런데 언젠가부터 자기는 내 주변 사람들을 계속 탓해. 나는 자기를 주변 사람들로부터 지키지 못하는 못난 남편이 되고."

뒤엉킨 감정의 실타래를 어디서부터 풀어야 할지 알 수 없었다. 준호의 어머니와 아버지에게 안부 전화를 할 때, 준호의 친구들이 집에 찾아오면 음식을 차려

줄 때, '형수님, 제수씨' 같은 호칭 속에서 웃고 있을 때. 이럴 때는 아무 문제 없었는데 내가 그의 주변 사람들과 삐걱거리게 된 것은 언제부터였을까?

·

준호가 문 선생님을 나에게 처음 소개해 줬던 날은 초파일 무렵의 하루였다. 불교용품을 전시하는 부스의 하얀 천막에서 단발머리 여성이 나오던 모습이 기억난다. 그는 나를 보자마자 몸을 와락 기울이며 반갑다고 말했다. 문 선생님은 준호가 다녔던 대학의 강사였다. 그는 가끔 자신이 가르친 학생들을 집으로 초대해서 점심이나 저녁을 먹었는데, 준호는 이미 그 자리에 여러 차례 초대받은 손님이었다. 처음 만난 날 문 선생님은 우리에게 버블티와 된장찌개를 사줬다. 그는 우리 커플이 너무너무 보기 좋고, 내가 너무너무 예쁘다고 했다. 준호가 내 어깨를 감쌀 때 나는 가만히 웃고 있었다. 모든 것이 아주 평범한 날이었다. 그때 우리는 2년 정도 사귀다가 이제 결혼을 상상하기 시작한 이성애자 커플이었으니까. 한 쌍으로서의 우리 존재도, 대학 은사와의 식사 자리라는 상황도 참으로 정상적이었다.

준호를 만나기 전에 나는 6년간, 결혼한 남자의 연

인이었다. 그 남자는 나보다 나이가 서른 살 많았다. 그와 내가 딱 한 번 노래방에 같이 갔을 때, 카운터를 보던 주인은 나를 노래방 도우미라고 생각하는 눈치였다. 관계의 성격으로 보자면 어떤 면에서는 진실이었다. 지나치게 권력의 낙차가 큰 관계는 그 자체로 폭력이다.

그 연애 관계에서 벗어나 누구에게도 손가락질받을 것 없이 '정상적'인 이성애 관계에 진입한 기분이란 얼마나 가볍고 산뜻했던지! 그날의 맑은 날씨처럼 내 마음속에는 한 점 어두운 것도, 거리낄 것도 없었다. 우리의 미래를 생각하면 풀어보지 않은 조그만 선물 상자들이 가득 놓인 길이 떠올랐다. 나는 나보다 나이가 두 살 많고, 신체가 건강하며, 중산층 가정의 막내아들이자 나에게 더없이 헌신적인 남자와 그 길을 걸어갈 참이었다. 준호와 함께라면 '보통의 삶'을 살아갈 수 있을 것 같았다.

준호와 나는 문 선생님의 집에서 이뤄지는 모임을 '문 살롱'이라고 불렀다. 선생님은 사람들을 서로 소개해주길 좋아했다. 준호처럼 이전에 선생님의 수업을 들었던 학생이라든지 오래전부터 알고 지냈다는 동료 강사 등등이 문 살롱에 모여들었다. 선생님은 사람들이 찾아오면 손수 고기를 굽고 갖은 반찬을 내왔다. 좁은 주방에서 밥과 반찬을 만드는 일은 척 봐도 이만저만 수고로운 일이 아니었는데, 그가 무엇 때문에 이런 수고를 자처하는지 늘 궁금했다. "내가 생각할 때 A랑 B가 만나면 잘 맞을 것 같아." 가끔 문 선생님은 눈앞에 없는 이들을 머릿속으로 조합해보며 말하곤 했다. 이것은 인간 전반에 대한 애정일까? 혹은 포용력의 증거일까? 나는 여간 마음에 드는 사람이 아니라면 사석에서 굳이 만날 이유가 없다고 생각하며 살아왔는데, 선생님은 되도록 많은 사람과 교류하며 그들을 연결시키고 싶어 했다. 그의 포용력에 비하면 첫눈에 마음에 쏙 드는 사람들하고만 어울리려고 하는 내가 너무 어린애 같다는 생각이 들었다.

문 선생님은 내가 육류를 먹지 않는다는 이야기를 듣고, 갈 때마다 커다란 생선을 구워줬다. 내 입맛에는 지나치게 비린내가 심했지만 나는 숨을 참고 쌀밥과 생선 살점을 꿀꺽 삼킨 다음에 말했다.

"와, 진짜 맛있어요."

선생님은 기뻐하면서 집에 돌아갈 때 생선을 싸줄

테니 들고 가라고 권했다. 나는 어쩐지 미안한 감정을 느끼면서 애매하게 웃기만 했다. 이런 기억을 돌이켜 보면 나는 그 자리에 적응하려 나름대로 애쓰고 있었던 것 같다. 준호가 문 살롱 사람들과 어울리기를 좋아했으니까. 그는 문 살롱에서 항상 편안하고 즐거워 보였다. 특히 문 살롱에서 종종 마주치는 '박'이라는 남자에게 크게 호감을 표하곤 했다. 박도 마찬가지였다.

"형, 저는 형이 정말 좋아요."

박은 와인을 몇 잔 마신 다음 볼이 팽팽하도록 미소를 지으며 준호에게 말했고,

"박은 정말 똑똑한 사람이야. 내가 어디 가서 아는 척하는 건 안 지는데, 그 사람 앞에서는 잘난 척을 못하겠어."

준호는 박이 없는 자리에서 그를 칭찬했다. 나는 박이 기본적으로 재미있는 사람이라고 생각했지만, 한편으로는 그를 만날 때마다 어딘가 찜찜한 기분을 지울 수 없었다. 그는 무언가를 열띠게 얘기할 때면 눈을 크게 떴는데, 깜박임 없이 번쩍이는 눈을 보고 있으면 완고한 박의 내면세계가 어렴풋이 느껴졌다. 물론 외모만으로 사람을 판단하면 안 되는 거니까, 나는 내 느낌을

그다지 신뢰하지 않았다. 이것은 그저 인상일 뿐이지. 사실 박이 나에 대해 모르는 만큼이나 나도 그에 대해 알 수 없었다. 남자친구의 지인, 지인의 여자친구. 이것이 박과 내 관계의 전부였다. 이 거리가 좁아질 이유나 계기는 어디에도 없었다.

문 살롱 사람들은 준호가 구상하는 연극 이야기를 귀 기울여 들었다. 문 선생님은 언제나 준호의 생각이 남다르다고 칭찬했다. 듣는 이들의 호응 덕분인지, 준호는 내 앞에 있을 때보다 문 살롱에서 훨씬 똑똑한 사람이 되는 것 같았다. 이곳에서 준호는 '작가'로 불렸다. 내가 아는 준호의 지인 중에 그런 호칭을 쓰는 사람은 문 선생님뿐이었다. 나는 이 호칭을 들을 때마다 누군가에게 인정받는 느낌이 준호를 이곳에 오게 만드는지 생각하곤 했다.

"우리 준호 작가가 이렇게 짝을 만나니까 좀 좋니. 너도 얼른 좋은 사람 만나야지."

모여 앉아서 시간을 보내다 보면 으레 박을 구박하는 이야기가 나왔다. 문 선생님의 말을 듣고 사람들은 까르르 웃었다. 박도 멋쩍게 웃으며 대답했다.

"형, 부러워요. 형은 정말 좋은 사람 만난 것 같아요."

문 선생님은 활짝 웃으며 맞장구쳤다.

"그치, 너무 예쁘지?"

나는 쑥스럽다는 듯 손사래 쳤다. 나를 환영하는 사람들에게 반감을 품기란 쉽지 않은 일이다. 한나절을 문 살롱에서 다 보내고 떠나면서, 문 선생님에게서 받았던 호의에 가슴이 따뜻해지는 느낌은 거짓이 아니었다. 나는 그 느낌을 소중하게 받아들이고 싶었다. 헤어질 때쯤 선생님은 대문까지 배웅을 나와서 나를 포옹했다.

"오늘 이렇게 좋은 사람들과 함께해서 참 좋다."

"저도 너무 좋았어요."

한때 나는 문 살롱 사람들에게 작은 선물을 자꾸 사 갔다. 신혼여행지에서 스카프, 행커치프, 팔찌를 사 와서 선물했고, 그 이후로도 장갑, 음악 CD, 파우치, 퍼즐 등을 가져갔다. 누군가에게 선물하는 걸 쑥스러워하고 귀찮아하는 편인데도. 돌이켜 보면 이때 내 행동은 과하게 열정적인 데가 있었다.

인사하고 포옹하고 선물을 주고받는 행위를 할 때,

그리고 이 시간이 너무 즐겁다고 말할 때, 내 안에서 양가적인 감정이 충돌하곤 했다. 어떤 자리에서든 누군가의 여자친구나 아내로 소개되는 순간 나에게 베일 하나가 씌워지는 느낌이었다. 안팎이 보이긴 하지만 분명히 무언가가 얼굴을 가리고 있는 느낌. 준호도 이 느낌을 알까? 내 주변 사람들 앞에서 남자친구나 남편, 사위라는 역할로 존재할 때 그도 나처럼 복잡한 기분을 느낄까? 아니면 사회적 관계에서 어떤 역할을 맡는 것은 똑같아도 익명의 존재가 되는 사람은 여자뿐일까? 준호도 나의 지인 사이에서 자신의 개인성이 지워지는 인상을 받은 적이 있는지 궁금했다.

문 살롱 사람들과 만나고 돌아오는 길에 내 안에 충돌하던 감정은 이런 것이었다. 익명의 존재가 되는 쾌감과 불쾌감. 역할로만 관계 맺는 안온함과 거북함. '정상적인 삶'을 사는 '정상적인 여자'가 되는 기쁨과 슬픔. 문 살롱 사람들뿐만 아니라 준호로 연결된 사람들과 만날 때는 늘 비슷한 기분을 느꼈다. 오랫동안 손 놓고 있었던 글쓰기를 다시 시작한 것은 이 기분 때문이기도 했다. 내 안에서 부딪치는 감정을 들여다보며 나의 관점으로 하나의 서사를 만들고 싶었다. 그렇게 하지 않으면 나중엔 나도 자신을 알아볼 수 없을 것 같았다.

결혼하고 얼마 지나지 않아서 나는 준호의 가족과 나 사이에서 쓰이는 호칭에 불만을 품었다. 나는 그의 가족들을 '어머님, 아버님, 아주버님, 형님'이라고 부르는데, 막내아들의 아내인 나에게는 아무도 '-님'이라고 부르지 않는 상황이 거북했던 것이다. 이 호칭을 바꿔보자고 제안했다가 뜻밖에 큰 싸움이 벌어졌다. 가장 직접적으로 나와 마찰을 일으킨 사람은 준호의 형이었다.

"어디서 아랫사람이 호칭을 바꾸자는 제안을 하냐?"

"아니, 내가 왜 당신들 아랫사람이냐?"

표면적으로는 호칭 문제라고 했지만 기실 '가족 서열'이라는 이데올로기가 이 갈등의 핵심이었기에 누구도 쉽게 타협점을 찾을 수 없었다. 나는 이것이 사적인 문제가 아니라 사회적으로 논의가 필요한 문제라고 생각했고, 이 이야기를 써서 '한국여성민우회' 홈페이지와 '오마이뉴스'에 연재했다.

준호와 나, 문 선생님, 문 선생님의 딸 이렇게 네 사람이 둘러앉아서 버터구이 오징어를 해 먹던 오후. 문 선생님은 말했다.

"나는 민정 씨 편이야. 그런데 내 남편은 글 읽고 이게 실화냐고 하더라. 박도 민정 씨 행동이 이해가 안 간대. 아랫사람이라는 말을 들었다고 어떻게 시아버지 앞에서 고소라는 말을 하느냐고. 우리들 사이에서도 편이 갈라져서 한바탕 논쟁이 벌어졌어. 그만큼 사회에서 꼭 필요한 이야기라는 거 아니겠니?"

당시에 수많은 악성 댓글에 시달리던 나는 지인 집단에서 '논쟁이 벌어졌다'는 이야기에 다시 한번 진이 빠지는 느낌이었지만, 어쩔 수 없는 일이라고 생각했다. 문 선생님과 그의 딸은 나에게 멋지다고 손가락을 치켜세웠다. 이런 응원만으로도 충분히 기쁘다고, 나는 자신을 다독였다. 문 선생님은 우리 부부가 너무나 멋지고, 내 뜻을 지지하느라 가족들과의 갈등까지 감수하는 준호가 대단하다고 말했다. 준호는 투덜거렸다.

"전 우리 부모님 정도면 깨어 있는 사람들이라고 생각했거든요? 그런데 이렇게 민정이한테 조용히 하라는 식으로 나오는 걸 보고 정말 답답했어요."

"그래도 준호 작가 부모님도 참 좋은 분 같더라. 중간에서 준호 작가가 고생이 많지?"

분명히 위로하는 이야기인데 기분이 묘했다. 준호가 고생하는 사람이라면, 나는 준호를 고생시키는 사람이 되는 건가? 문 살롱 사람들뿐만 아니라 내 글을 읽고 댓글을 남긴 수많은 이들은 준호에게 동정을 표했다. 남편이 성차별적인 호칭을 바꾸자는 아내를 이해해 주다니! 아내를 편들며 자기 원가족들과 갈등을 감수하다니! 쏟아지는 칭찬과 위로의 말 속에서 준호는 고개를 끄덕였다. 이런 상황이 반복되면서 나는 세상 모두가 준호를 안쓰러워하는 것 같다는 생각에 심사가 뒤틀렸다. 우리가 처해 있는 상황의 온도 차이에 화가 났다. 이런 생각을 내비치면 준호는 오히려 나를 원망했다.

"자기는 한번도 내가 얼마나 힘든지 알아주지 않았어. 아무리 노력해도 나는 자기한테 모자란 사람일 뿐이야."

그가 나에게 앓는 소리를 할 때마다 또다시 가슴이 답답해졌다.

*

연말에 나는 박의 이름을 말하며 준호에게 소리

친다.

"완전히 미친 새끼 아니야?"

준호는 일그러진 얼굴로 나를 바라본다. 그 얼굴에 뒤섞인 슬픔과 피로마저 내 화를 북돋운다.

12월 초에 준호는 문 선생님에게서 연락을 받았다. 얼굴을 본 지 오래되었으니 같이 밥을 먹자는 이야기였는데, 평상시와 다름없는 제안이었지만 딱 한 가지 묘한 점이 있었다. 문 선생님은 나는 빼고 준호만 왔으면 좋겠다고 하면서, 박이 단둘이 이야기를 나누고 싶어 한다고 전했다. 만나자는 날도 하필 크리스마스이브였다. 처음 이야기를 들었을 때 나는 좀 놀랐다. 크리스마스이브에 아내는 빼놓고 남편만 와 달라고 초대하는 모임이라니? 이들은 우리 관계를 존중하지 않는 건가? 준호는 뭔가 찜찜한 제안이라며 어떻게 해야 할지 나에게 물었다. 나는 잠시 생각하다가 말했다.

"그래도 안 하던 행동을 할 때는 그만한 이유가 있지 않겠어?"

마지막으로 박을 만났을 때 그가 직장 생활이 힘겨워서 그만둘지도 모른다고 말했던 기억이 떠올랐다. 혹시 박이 준호에게 뭔가 긴급하고 긴밀하게 상담하고 싶은 이야기가 있을지도 몰랐다. 내 말을 듣더니 준호도 그럴 법한 얘기라고 고개를 끄덕였다.

준호는 날짜를 앞당겨서 만나자고 박과 문 선생님에게 청했다. 한창 준호의 출장이 이어지는 시기였고, 오랜만에 우리가 함께 보낼 수 있는 주말이었지만 나는 그가 문 살롱에 가는 것을 반대하지 않았다. 정말이지, 사람이 하지 않던 행동을 할 때는 그만큼 중요한 이유가 있는지도 모르니까. 더욱이 나는 준호가 누군가를 만나겠다고 했을 때 방해해본 적이 없었다. 과거에 준호는 술자리에서 친구의 아내가 들어오라고 전화하는 상황을 두고 은근히 흉을 봤다. '좀 구속하는 타입인 것 같다'라고 말했던가? 스쳐가는 한마디였지만 나는 겁이 났다. 친구를 만나지 못하게 하고, 술자리에 있는 남편에게 전화를 걸고, 사감 선생님처럼 생활을 단속하는 아내는 무슨 일이 있어도 되고 싶지 않았다. 미디어에서 아내들이 얼마나 지겹고 매력 없는 존재로 그려지는지 잘 알고 있었다.

문 선생님의 집에 다녀온 날 준호의 표정은 밝지 않았다. 무슨 일이 있었는지 묻는 말에 그는 우물쭈물 대답했다.

"특별한 일이 있는 건 아니었고…. 박이랑 문 선생님만 있을 줄 알았는데, 다른 사람들도 있었어. 박은 그냥, 내가 걱정된대."

"왜?"

"전에 자기가 쓴 글 읽고 박은 너무 놀랐대. 내가 자기한테 억눌려 사는 것 같아서 걱정된대."

말을 듣는 순간 가슴이 쾅쾅 뛰었다. 막연하게 불편한 분위기로 있었던 감정이 드디어 실체를 가지고 눈앞에 나타났다는 확신. 나는 버럭 소리쳤다.

"완전히 미친 새끼 아니야? 그래, 그 얘기를 하자고 너를 따로 부른 거야? 아내한테 잡혀 살지 말라고 충고하려고? 너는 또 그런 말을 가만히 듣고 있었어?"

"아니야. 나도 기분 나빴어. 내 표정이 안 좋아지니까 박도 자기가 생각이 짧았던 것 같다고 사과했어."

준호의 말을 들어도 점점 화가 날 뿐이었다.

"자기가 뭔데 남의 부부관계를 두고 이러쿵저러쿵 논평해? 너는 그 자리에서 그걸 또 다 듣고 밥도 잘 먹고 지금까지 얘기하다 왔단 말이지?"

"아니라니까. 나도 분명히 말했어. 민정이한테 억

눌려 산다는 말은 나를 너무 수동적인 사람으로 취급하는 말이라서 기분 나쁘다고. 민정이 글에 나오는 얘기는 나도 다 옳다고 생각해서 지지한 거라고 말했어. 최선을 다해서 사람들을 설득하고 자기를 변호하려고 했어."

"왜 자기가 나를 변호해야 하는데? 내가 무슨 죄라도 지었어? 고분고분하게 남편 비위 안 맞춰주고 내 생각 말하고 살면 '억누르고' 사는 거야?"

"내가 그렇게 말했어? 다른 사람이 그러는 거잖아. 나는 자기를 생각해서 박이 한 말을 솔직하게 전한 거야. 자기한테 아무것도 숨기고 싶지 않으니까, 자기를 존중하려고!"

"말 전하는 걸로 네 역할을 다했다고 생각하지 마. 너는 언제나 이쪽에서 저쪽으로 말만 전하면서 네가 할 일은 다했다고 뒤로 빠지잖아. 아주 놀고들 있다. 일부러 누구 하나 빼놓고 모이자고 해서 없는 사람 얘기 쑥덕거리는 모습 생각하니까 징그러워."

"아니야. 자기 욕하려고 모인 자리 아니야. 다른 사람들도 마찬가지고. 그냥 사람들은 내가 걱정되니까 위로해 주려고…."

"자기는 자기 편이 많아서 좋겠다. 조금만 아내의 뜻에 따라줘도 자기 기죽을까 봐 걱정하는 인간들이 많아서 너무너무 부러워."

"그럼 내가 뭘 더 어떻게 해야 하는데?"

"박한테 연락해서 나한테 사과하라고 해. 남의 부부관계를 제멋대로 평가한 점. 그 평가를 자신의 머릿속에 담고 있는 게 아니라 굳이 입 밖으로 낸 점. 그것도 자기만 따로 보자고 불러낸 자리에서 늘어놓은 점."

준호는 나와 실랑이하다가 박에게 사과해 줬으면 좋겠다고 문자 메시지를 보냈다. 박에게서 '나는 민정이 누나를 빼고 만나자고 한 적 없다, 누구를 평가할 의도도 없었다'라는 내용의 답장이 왔다. 준호가 다시 문자 메시지를 보냈지만 더는 답이 돌아오지 않았다. 나는 빈정거렸다.

"어떻게 된 게 네 주변 인간들은 하나같이 이 모양이니?"

그는 힘없이 말했다.

"그래. 나는 한심한 인간들하고만 어울려. 나도 한심한 인간이니까."

그날 밤 나는 잠자리에서 눈을 부릅뜨고 있었다. 문살롱 사람들의 얼굴이 머릿속에서 날벌레처럼 맴돌아서 잠을 이룰 수 없었다. 준호는 내 옆에서 고요히 잠들어 있었다. 너는 세상 살기 참 편하겠구나. 너는 뭘 해도 '세상에 이런 남편이 없다'라는 말을 듣는 좋은 남자이니까. 가사 노동을 잘하고 페미니즘 이야기에 귀를 기울이는 것만으로도 모든 사람에게 칭찬을 들으니까. 하지만, 내가 너무 심했나. 네 주변 사람들을 싸잡아서 비난한 건 나쁜 행동이었나. 나는 너의 인간관계를 다 끊어놓는 나쁜 아내인가. 내가 너의 삶을 힘들게 하는 걸까. 우리의 결혼 생활을 불행하게 만들고 있는 걸까.

나를 가장 아프게 하는 것은 내가 준호에게 이해받고 싶어 한다는 사실이었다. 결혼한 이후부터 나를 둘러싸는 숨 막히는 공기를 너도 느낄 수 있다면. 이 바람이 불가능하다는 것을 자각할 때마다 마음이 아팠다. 어떻게 해야 내가 느끼는 부당함을 오롯이 전달할 수 있을까? 차분하게 이야기하면 내 말은 그의 귀를 스쳐갈 뿐이었고, 마구 화를 내면서 이야기하면 싸움이 시작됐다. 말하려고 하면 할수록 더 많은 뱀, 지네, 개구리를 토해내는 마법에 걸린 것 같았다.

이혼 과정에서 준호는 과거를 돌아보며 말했다. 내가 자신의 가족과 친구들을 나쁘다고 얘기할 때마다 듣기 힘들었다고. 그는 한숨을 내쉬며 중얼거렸다.

"자기가 없을 땐 다들 사이좋게 지냈는데…"

*

이혼 서류를 접수한 후 부부 상담을 받을 때, 상담사가 몇 마디 하자마자 준호는 내가 얼마나 집안일에 소홀하고 다정하지 못한 사람이었는지 불만을 쏟아냈다. 나를 심각하게 비난하는 어조는 아니었다. 오히려 짐짓 흉을 보면서 애정을 표시하는 말투에 가까웠다. 그의 이야기를 듣다가 상담사가 웃음을 터뜨릴 정도였다. 그러면 그는 더 신이 나서 이것저것 불평을 늘어놓았다. 그때 처음으로 자문했다. 어쩌면 준호의 주변 사람들이 나를 이렇게 '남편을 억누르는 아내'라고 생각하게 된 것도 그의 처신 때문이 아니었을까? 어느 자리에 가나 귀염 받는 막내처럼 거침없이 애교를 부리는 너. 누군가가 쓰다듬어 주고 토닥여주는 상황을 사랑하는 너. 준호는 이 상황을 즐기고, 나아가서는 유도했던 걸까? 아내에게 붙잡혀 사는 남편은 동정받기 마련이다. 남편한테 붙잡혀 사는 아내는 경멸받아도. 그렇다면 우리가 한국 사회에서 남편과 아내로 살아왔던 시간을 이렇게 정리할 수 있을까? 그는 사랑받기 쉬운 조건에서 사랑받으려 노력했고, 나는 사랑받기 힘든 조건에서 사랑받기를 거부했다.

우리는 상담이 끝나고도 근처 카페로 자리를 옮겨서 더 이야기를 이어가곤 했다. 그는 우리의 결혼 생활에서 가장 크게 상처로 남은 부분이 자신의 가족들과 내 관계라고 말했다. 내가 결혼 초에 주말마다 어머니, 아버지를 만나서 함께 외식을 할 때 자신은 더없이 행복했으며 그 그림이 깨어져서 너무나 슬펐다는 것이었다.

"나는 그 그림 속에서 행복하지 않았어. 오히려 불편했지. 가족 호칭만 해도 내가 계속 불편하니까 바꿔보자고 제안한 거 아니겠어? 그런데 결국 나한테 돌아온 게 뭐야? 듣기 싫은 얘기 하지 말라는 반응이었잖아."

"아무리 우리 가족이 잘못했다고 해도, 아픈 건 아픈 거라고. 다 내가 사랑하는 사람들이었다고. 자기는 내 마음이 아프다는 게 이해가 안 돼?"

"호칭 하나 바꿔보자는 제안에도 다 망가지는 그림이라면 애초에 진실된 것도 아니야."

그는 답답하다며 목소리를 높였다.

"내가 바라는 건 한 가지뿐이야. 그냥 너도 힘들었겠구나 한마디만 해주면 돼. 누가 잘했고 잘못했고가 아니라, 내가 힘들다는 걸 자기가 알기만 하면 된다고!"

"너 되게 뻔뻔하다. 네가 지금 나한테 위로받기를 바라는 거야? 네 가족들한테 아랫사람이니 괘씸죄니 뭐니 폭언 듣고 사람들의 몰이해 속에서 싸우는 게 누구였는데?"

"이것 봐. 항상 자기가 받은 상처가 크다고 하니까 내 상처를 알아달라고 할 수가 없는 거야. 그 점이 얼마나 힘들었는지…. 안다고 말만 해. 그냥 내가 힘들었던 걸 안다고 한마디만 해달라고…."

"그래, 알아. 너도 좋아하는 사람들과 갈등이 생기니까 힘들었겠지. 하지만 너는 내가 얼마나 다쳤는지 몰라."

"알아. 난 알아."

"전혀 느껴지지 않는데?"

"나도 마찬가지야."

뱀이 서로의 꼬리를 물듯이 뱅뱅 도는 대화였다. 이런 대화가 이어질수록 내 마음의 아주 작은 조각도 전달되지 않는다는 절망감이 깊어졌다. '안다'라는 단어가 이토록 절망적인 감정을 일으키는 말이었다니. 준호의 아버지가 "책 안 읽어도 무슨 내용인지 다 안다"라고 말했을 때, 그리고 준호가 내 옆에서 '안다'라고 말할 때만큼 상대와 내가 멀리 있다고 느낀 적이 없었다. 우리가 한때는 서로의 삶에서 가장 가까운 사람이었다는 사실이 믿어지지 않았다. 이제 우리가 서로 이해할 수 있는 유일한 감정은 서로의 말이 가닿지 않는 막막함뿐일까?

그와 헤어지고 여러 달이 지난 지금에도 가끔 나는 아직도 그에게 무언가를 말하고 싶다고 느낀다. 그와 함께 살면서 무엇을 느꼈는지 왜 힘들었는지 나의 이야기를 전하고 싶다고. 내 이야기를 그가 이해하는 것이 불가능하다고 생각하면서도 헛된 희망은 좀처럼 사라지지 않는다. 마음을 전달하고 싶다는 욕망이 나를 초라하게 만든다.

*

우리는 로마에 도착해서 돌바닥 위로 캐리어를 끌고 갔다. 3년 만에 보는 로마의 풍경이 반가웠고 바삭한 공기가 몸에 와 닿는 것도 기분이 좋았다. 캐리어 바퀴가 덜덜거리는 소리가 신나게 귓가를 울렸다.

"우와, 팔이 빠질 것 같아!"

내 말을 들은 준호는 또 표정이 굳었다. 입을 꾹 다물고 걷는 그를 보며 나는 물었다.

"왜 그래? 기분 안 좋아?"

"아니."

"아니긴. 기분 나빠 보이는데?"

"그냥. 나도 무거운데 내가 자기 짐까지 들어줘야 하나 싶어서."

"그런 생각은 해본 적도 없어. 캐리어 들어달라고 이야기한 거 아니야. 왜 그렇게 생각해?"

"지금은 아니라고 해도, 자기가 힘들다고 하면 결국 내가 들어줘야 하잖아."

그는 내 앞에서 '남자답게' 행동해야 한다는 압박을 느끼는 것 같았고, 그 생각만으로도 원망과 억울함이 솟구치는 모양이었다. 여자와 남자는 평등하다며! 당신을 성역할에 가두지 말라며! 당신은 여자친구 역할을 하는 것도, 아내 역할을 하는 것도 힘들다며! 그런데 나는 왜 '남자'여야 하는데? 이것이 준호의 머릿속에 떠도는 생각이 아닐까? 나는 거듭 말했다.

"난 아무 말도 안 했어."

이제 나도 혼란스러웠다. 나는 정말 아무 말도 하지 않았나? 그가 캐리어를 끌어주거나, 나 대신 이탈리아에서 의사소통을 해주기를 바라는 마음이 한 조각도 없었나? 나는 자신도 모르게 그에게 의지하려 했나? 한 줌의 호의라도 기대할까 봐 날을 잔뜩 곤두세우는 그를 보니 기가 질렸다. 그가 품고 있는 억울함, 원망, 박탈감이 징그러웠다. 동시에 나 자신도 어딘가 떳떳하지 못한 기분이 들었다. 어디까지가 사람 대 사람으로 의지하는 것이고 어디까지가 아내로서, 여자로서 의지하는 것인지 그 경계를 도무지 알 수 없었다. 당시에 준호가 수민과 한창 관계를 이어가고 있었다는 사실을 생각하면, 그의 태도는 히스테리에 불과했는지 모른다. 나는 터무니없이 섬세한 질문을 던지고 있었는지 모른다. 어떻게 하면 내가 네 앞에서 평등한 개인이면서도 애정의 대상이 될 수 있을까?

안녕, 준호. 내가 마지막으로 너에게 전하고 싶은 이야기는 우리 사랑의 몰락 과정이야. 예전에 나는 사람들이 있는 힘껏 우리 사이를 찢어놓는 것 같다고 생각하곤 했어. 네 어머니와 아버지, 너의 형, 문 살롱에서 만난 사람들. 오해하지 마, 지금에 와서 그 얼굴을 떠올려 보면 아무런 미운 감정도 들지 않아. 세월은 눈 깜박할 사이에 흘러가고 이 얼굴들도 순식간에 허물어지다 결국 세상에서 사라져 버리겠지. 그들이 나를 어떻게 생각했는지, 내가 그들을 어떻게 생각했는지 이제 더는 묻고 싶지 않아. 다만 여전히 풀리지 않는 의문은 우리들 사이에서 작용한 힘이 무엇인가 하는 거야. 네 주변 사람들과 나 사이의 반감은 어떤 이유에서 생겨난 걸까? 여자친구나 아내, 며느리가 아닌 나의 모습을 드러낼수록 불가항력처럼 마찰이 일어났다는 생각은 나의 착각일까? 너의 여자친구나 아내가 되는 순간 나는 작고 예쁜 옷을 입고 사람들 앞에 나타나야 했어. 그 옷을 입고 싶어서 끙끙거리면서도, 한편으로는 좁고 답답한 느낌을 견딜 수 없어서 결국 분통이 터지곤 했어. 어쩌면 너도 나와 비슷한 기분을 느꼈을까? 만약 우리가 아내와 남편이 아니었다면, 여자와 남자가 아니었다면, 우리가 자기 자신을 그 역할 자체라고 믿지 않았다면 우리의 관계가 다른 결말을 맞이했을까?

우리가 마지막으로 함께 찍은 동영상은 로마의 보르게세 공원에서 남긴 기록이다. 그날 우리는 사륜 자전거를 빌려서 함께 탔다. 모양은 작은 자동차와 비슷하고, 한쪽에서 페달을 밟으면 엔진이 돌아가는 구조의 탈것이었다. 나는 준호 옆에 앉아서 사륜 자전거의 핸들을 잡고 있는 그를 찍었다. 그 영상을 다시 보면 나는 리포터처럼 말하고 있다.

"우리는 로마에 와 있어요. 공원이 아름답고 멋진 도시입니다. 제 옆에 있는 사람은 준호 씨입니다. 인사 한번 부탁드려요. 언젠가부터 저한테 짜증만 내는 준호 씨…"

나는 혼자 히히 웃는다. 그는 시선을 앞으로 고정한 채 가라앉은 목소리로 말한다.

"음, 저는, 요새 제가…"

사륜 자전거가 갑자기 속도를 올려서 화면이 흔들

린다. 우리는 깜짝 놀랐다가 다시 균형을 잡는다. 그는 끊어진 말을 더 잇지 않는다. 나는 여전히 리포터 흉내를 그만둘 생각이 없다.

"로마에 오니까 커플이 많이 보여요. 서로 꼭 안고 걸어가는 사람들, 키스하는 사람들…. 이제 우리는 사랑하는 사람들 무리에서 떨어져 나와서 어디론가 떠내려가는 것 같아요."

내 목소리는 마냥 장난스럽다. 준호는 끝까지 나를 돌아보지 않는다.

고독해지고 싶은 열망

민정은 언젠가부터 우울한 기분을 느낄 때면 생각한다. 요새 너무 술을 많이 마셨나. 혹은 요새 너무 술을 안 마셨나. 모든 기분의 고저를 술 탓으로 돌리는 것은 간편한 일이다. 그러나 때로는 직면하고야 마는 순간이 온다. 아무 계기도 없이, 외면하고 회피하는 행위가 갑자기 임계점에 도달했다는 듯 감정을 덮어두었던 장막이 사라진다.

너는 술을 자주 마셔서 혹은 마시지 않아서 우울한 게 아니라 함께 살던 사람과 나누었던 농담이 떠올라서 기분이 가라앉은 거야. 거리를 걷다가, 집 현관문의 손잡이를 돌리다가 그 실없는 이야기들이 솟아오른 거야. 하수구가 역류하듯이 과거의 한순간이 되돌아오면 네 기분은 엉망진창이 돼.

어느 늦은 오후에 그는 지하 주차장에 있는 재활

용품 수거장에 내려가서 맥주 캔과 라면 봉지를 버리고 온다. 손을 씻고 의자에 앉아서 주위를 둘러본다. 1년 전만 해도 이곳에 혼자 살게 될 거라고는 상상하지도 못했는데. 너무 이상해. 모든 것이 비현실적이야.

준호에게 전화를 거는 일은 어렵지 않다. 만나자고 할 수도 있을 것이다. 오늘 자신의 머릿속에 떠오른 웃긴 얘기를 늘어놓는 것도 하려고만 들면 가능한 일이다. 불가능한 일은 서로를 마주 보며 가벼운 마음으로 웃는 것. 아무리 재미있는 농담을 해도 잠깐 함께 웃은 다음에 금방 울음을 터뜨리고 말 거라는 사실을 알기에, 민정은 헤어진 다음 준호에게 한 번도 전화를 하지 않았다.

민정은 글을 쓰다가 문득 손을 놓고 생각한다. 내 이혼 이야기는 어떻게 읽힐까? 아마 이혼 이야기를 읽는 사람들은 가부장제의 억압에서 벗어나는 인물을 보며 카타르시스를 느끼길 바랄 것이다. 홀로서기의 첫발을 딛는 인물을 응원하며 책을 덮고 싶을 것이다. 자기 성찰을 통한 성장 이야기는 공감받기 쉬운 서사다. 민정은 모니터의 글자를 눈으로 따라가다가 불현듯 짓궂은 충동을 느낀다. 완전히 망했다는 이야기로 끝낼까? 이혼 후에 술독에 빠져 살고 심각한 기분의 고저를 경험하며 삶에서 자살이라는 선택지가 생겼음을 느낀다고. 그런데 왠지 모르게 이 상태가 내가 계속 찾아다녔던 장소라는 생각이 든다고.

그렇다, 민정에게 이 정서 상태는 하나의 장소였다. 그는 부서지지 않고 이곳을 탐험해보고 싶다고 생각한다. 일상생활을 함께하는 배우자가 있을 때는 이 장소로 들어가는 문을 열 수가 없었다. 실없는 농담으로 삶의 기압을 계속 뺐기 때문에 그 문에 다가갈 추동력을 가질 수 없었다.

고독해지고 싶어서 이혼했다는 말은 얼마나 공감받을 수 있을까? 완전히 밑바닥까지 가라앉아 보고 싶어서 이혼했다는 말은? 나는 원인과 결과를 혼동하고 있는 걸까? 내가 내 삶을 통제한다고 믿어보려고 일부러 착각하는 걸까? 민정은 생각한다. 모든 자전적 이야기에는 진실만큼 거짓말이 섞여 있겠지. 그는 연극배우처럼 독백하는 자신의 모습을 상상해본다.

"준호는 내 삶의 방해물이었어요. 함께 밥을 먹고 청소를 하고 오늘 하루의 일상을 나누고 함께 웃는 일이 가끔, 나중엔 자주 방해가 된다고 느꼈어요. 나는 내 장소에 머물러 있을 수 없었어요. 그가 주의력을 빼앗았어요."

"돌이켜 보면 결혼 생활에서 제가 가장 즐거웠던 일은 압도적인 분노를 경험한 것이에요. 엄청난 아드레날린. 하지만 무슨 일 때문에 화가 났건 그 근간에는 둘이 함께 사는 삶을 지켜야 한다는 책임감과 애착이 있었는데, 그의 외도를 안 순간 책임감도 애착도 사라졌어요. 그래서 더는 아무 일에도 화가 나지 않았어요. 나를 흥분시키지 않는 사람과는 함께 있고 싶지 않아요. 그건 너무 지루해."

에필로그

처음 이혼 서류를 접수한 뒤 1년 반의 시간이 흘렀다. 슬픔도 원망도 전부 다 느낄 새 없이 현실은 빠르게 흘러간다. 헤어지고 알았는데 나는 그와의 관계에 깊이 애착을 가졌다. 그럼에도 인생의 새 페이지를 시작하고 싶은 열망보다 강하진 않았다. 아무리 행복하게 살아도 늘 새로운 삶을 원할 것 같다.

지나온 시간을 돌아보면 그 감정의 급류를 어떻게 헤쳐 나왔는지 놀랍다. 사람은 생각보다 강한 존재다. 이토록 많은 것들을 잃어버리고도 하루의 일상을 살아간다. 가장 소중하다고 생각했던 것, 좋아 죽겠다며 아꼈던 것들을 다 버린 다음에도 여전히 웃고 떠들고 미래를 꿈꾼다. 때로는 플래시백처럼 전남편과의 일상이 눈앞을 덮쳐온다. 무더운 여름날 찬물로 메밀국수를 헹궈주던 모습, 둘이 함께 장난칠 때 내 콧잔등을 꾹 누르며 미소 짓던 모습. 어떤 장면이 덮쳐와도 나는 잠시 숨을 고를 뿐 하던 일을 계속한다.

처음 이 이야기를 쓰기 시작한 건 나에게 일어난 일을 정리해보고 싶다는 욕구 때문이었다. 책상 앞에 앉아서 글을 쓴다면 내 삶을 이해할 수 있을 것 같았다. 내가 겪어온 시간을 스스로 납득할 수 있도록 반듯하고 가지런한 서사로 만들고 싶었다. 자신의 이야기를 다루는 과정에서 삶에 대한 통제력을 회복할 수 있길 바랐다. 그러나 글을 이어나가면서 이것이 불가능한 시도였음을 깨달았다. 내 삶에는 나조차도 이해할 수 없는 구멍이 무수했다. 이제껏 명확하게 의식하지 못했던 자신의 욕망, 고통, 슬픔을 발견할 때마다 내가 점점 더 낯설어졌다.

그런데 이상한 일이다. 자신이 낯설게 다가오는 감각 속에서 나는 두려움이 사라지는 자유를 맛봤다. 앞으로는 아무렇게나 살아도 될 것 같고, 아무렇게나 살 수 있을 것 같다.

글을 다시 보니 이제 이 이야기는 내가 벗어버린 허물처럼 보인다. 지금의 나와는 상관없는 낯선 여자의 이야기 같다. 만나면 겨우 알아볼 수 있을 것 같은 여자. 내가 기억하는 것은 그 여자가 자기 나름대로 삶을 이해하려고 발버둥쳤다는 사실뿐이다. 그 고된 헛발질이 나에게 연민을 일으키지만 이제는 이 슬픔과도 이별하고 싶다.

가끔 길을 걷다가 이유 없이 신날 때가 있다. 미래의 나는 지금과 전혀 다른 사람이 되어 있겠지 생각하면 밀려오는 환희. 언젠가는 작가, 페미니스트, 한국인, 여자, 사람, 동물, 생명체라는 정체성과 조건마저 모두 벗어버릴 날이 올 것이다. 그날을 상상하면 기대된다. 자신이 도무지 알아볼 수 없을 정도로 낯설게 느껴지는 순간의 감각, 그 이질감을 사랑한다.

2021년 10월
배윤민정

아내라는 이상한 존재

탈코르셋, 섹스, 이혼에 대하여

초판 1쇄 인쇄 2021년 10월 15일
초판 1쇄 발행 2021년 10월 25일

지은이 배윤민정
발행인 박효상
편집장 김현
기획·편집 김설아 하나래
시리즈 책임기획·편집 윤정아
디자인 이지선
마케팅 이태호 이전희
관리 김태옥

종이 월드페이퍼 | 인쇄·제본 예림인쇄 | 출판등록 제10-1835호
펴낸 곳 사람in | 주소 04034 서울시 마포구 양화로11길 14-10(서교동) 3F
전화 02) 338-3555(代) | 팩스 02) 338-3545 | E-mail saramin@netsgo.com
Website www.saramin.com

왼쪽주머니는 사람in의 단행본 브랜드입니다.
책값은 뒤표지에 있습니다.
파본은 바꾸어 드립니다.

ISBN 978-89-6049-921-8
978-89-6049-909-6 04810 (세트)